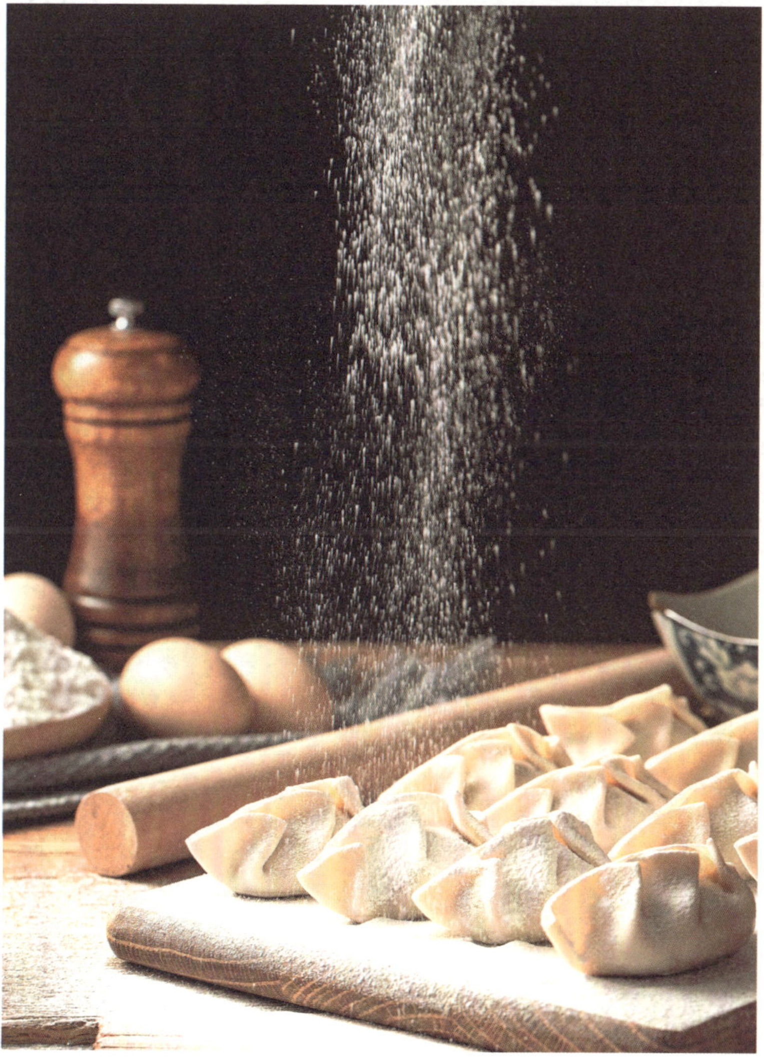

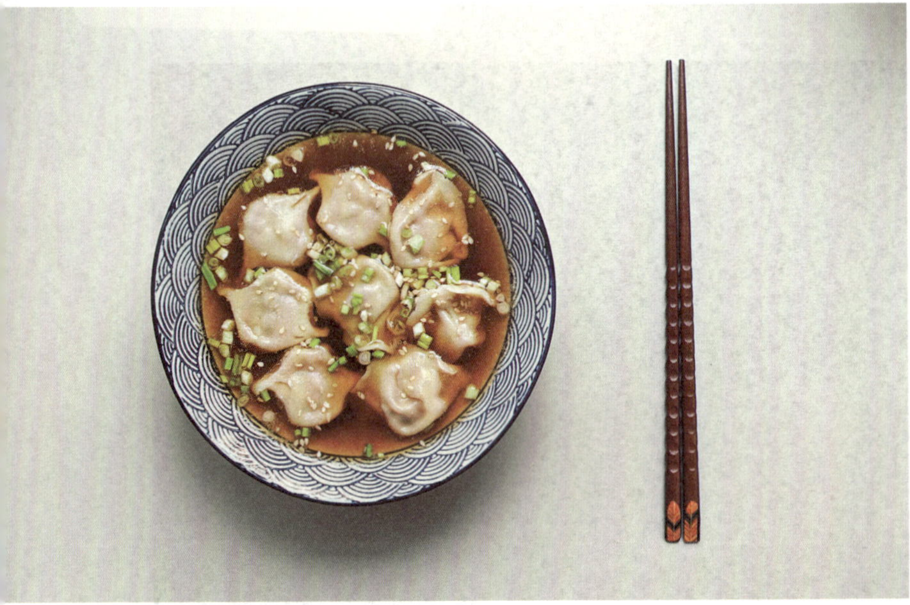

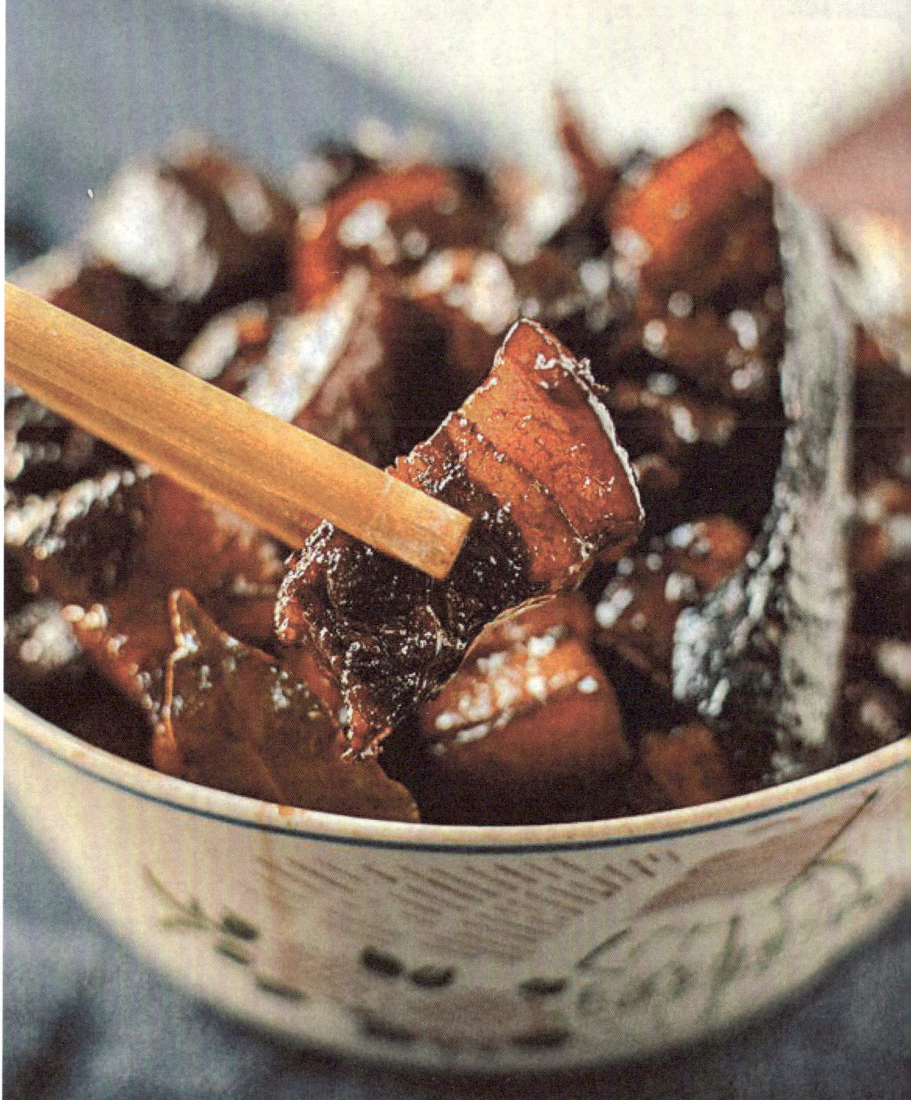

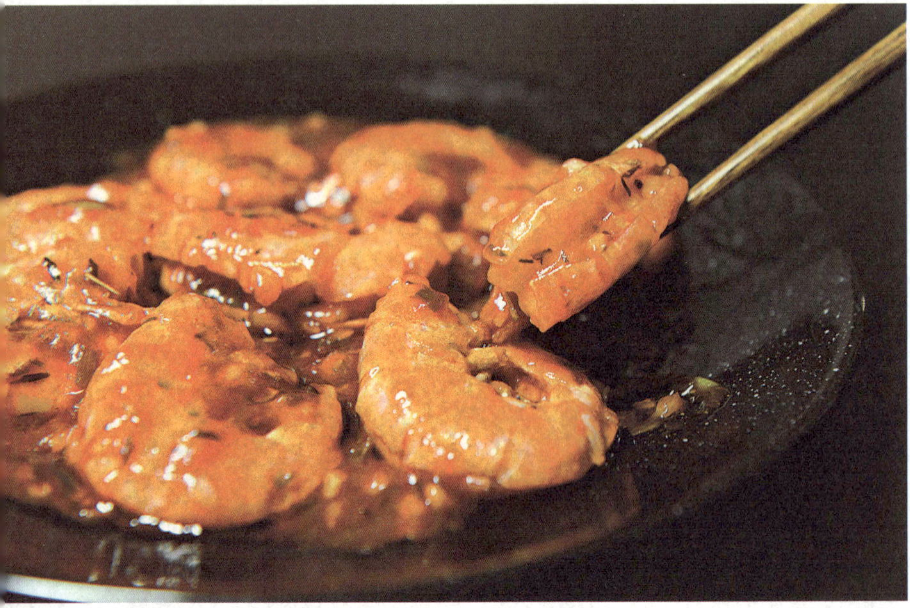

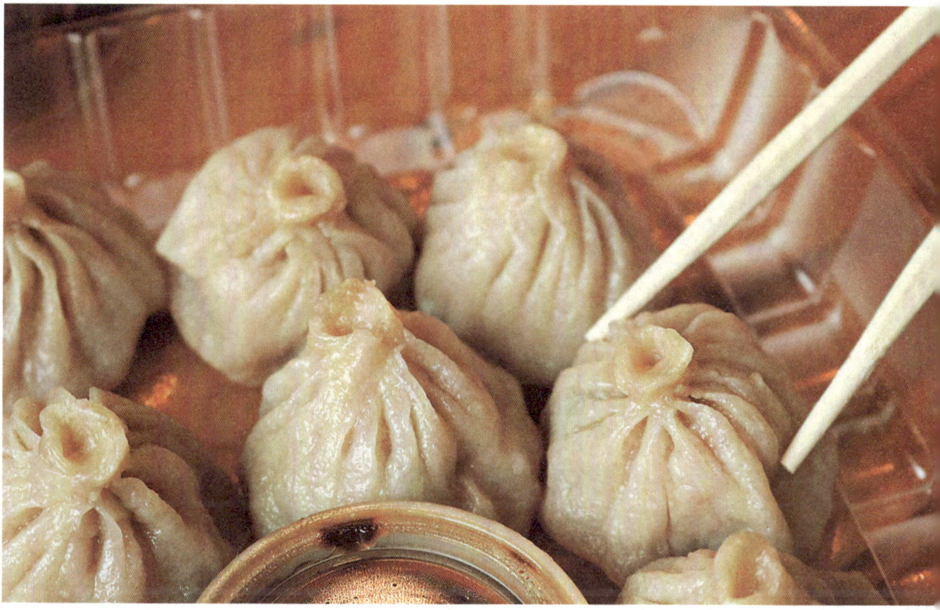

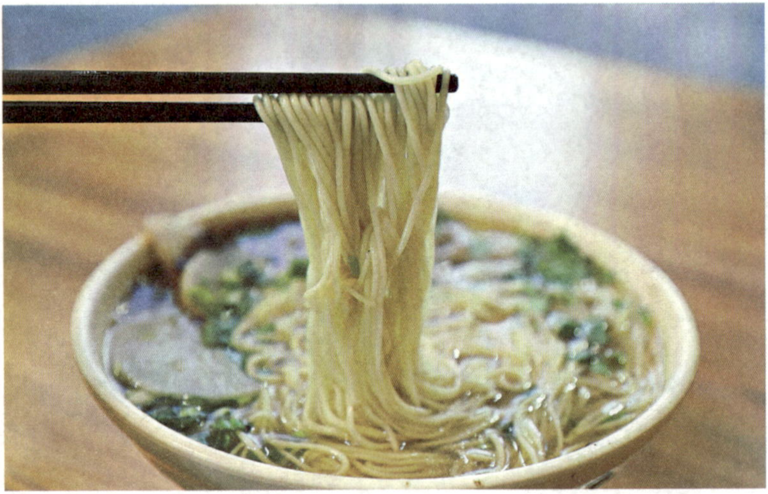

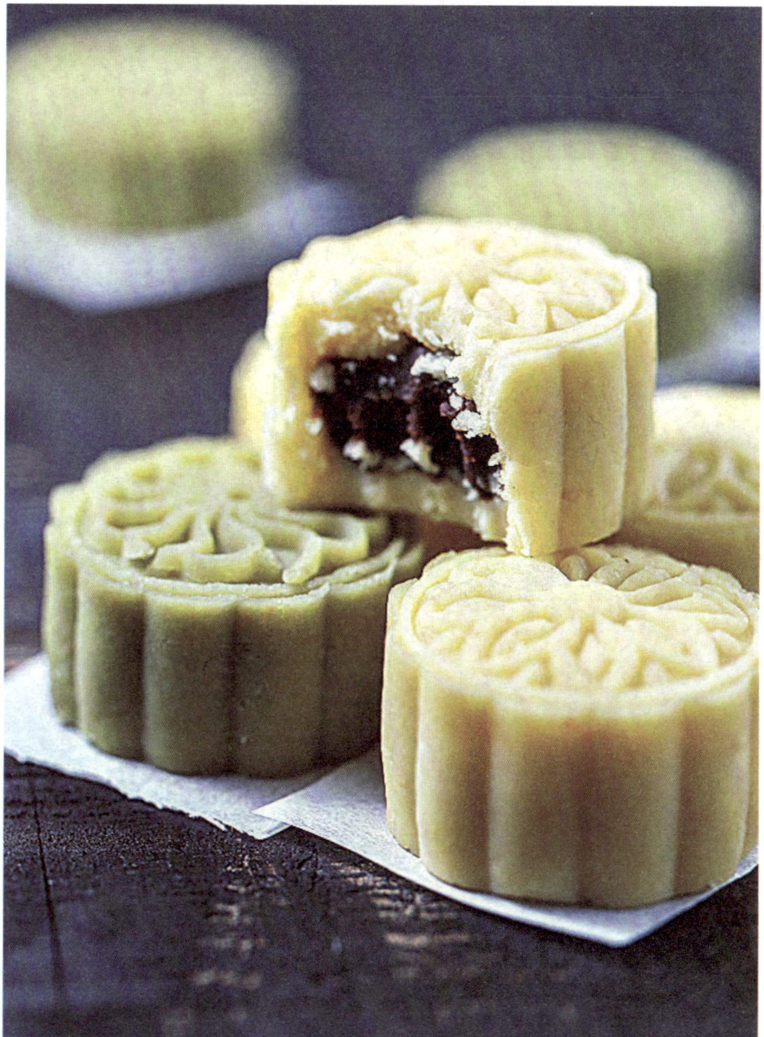

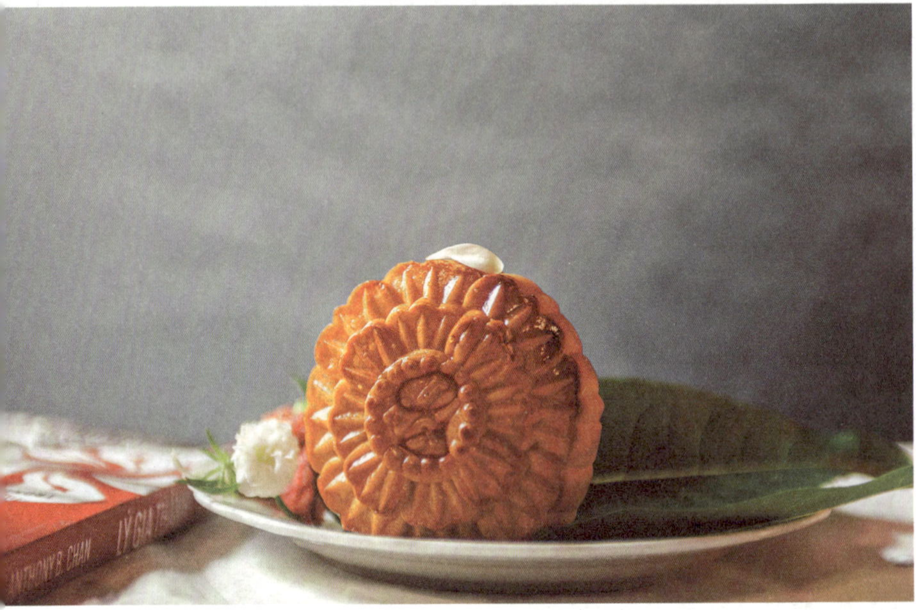
ANTHONY B. CHAN
LÝ GIA

吃货之书

冯进 著

江苏凤凰文艺出版社

图书在版编目（CIP）数据

吃货之书/冯进著 . -- 南京：江苏凤凰文艺出版社，2020.9（2024.3 重印）
ISBN 978-7-5594-4976-4

Ⅰ.①吃… Ⅱ.①冯… Ⅲ.①散文集—中国—当代 Ⅳ.① I267

中国版本图书馆 CIP 数据核字（2020）第 109470 号

吃货之书

冯　进 著

出 版 人	张在健
责任编辑	万馥蕾
装帧设计	王小耳
责任印制	杨　丹
出版发行	江苏凤凰文艺出版社
	南京市中央路165号，邮编：210009
出版社网址	http://www.jswenyi.com
印　　刷	苏州彩易达包装制品有限公司
开　　本	880毫米×1230毫米　1/32
印　　张	7.25
字　　数	160千字
版　　次	2020年9月第1版
印　　次	2024年3月第3次印刷
标准书号	ISBN 978-7-5594-4976-4
定　　价	45.00元

江苏凤凰文艺版图书凡印刷、装订错误，可向出版社调换，联系电话025-83280257

目录

001　南来北往吃东西

001　**第一章　古人爱吃什么?**
002　先秦古人吃什么?
008　历代古书中的江南食品
018　东京往事
023　杭州菜与扬州菜
028　《桐桥倚棹录》之美食今昔
033　清代姑苏的美人美食
037　随园与笠翁

045　**第二章　大师的"吃货哲学"**
046　现代文人的"苏州菜情结"
052　"异数"陆文夫
057　汪曾祺与"名士菜"
066　周氏兄弟的口味
074　"吃主儿"父子
078　食荤者梁实秋
083　来自台湾的美食回忆
089　美食专栏话美食

第三章　巷子里的老味道

- 096　舌尖上的心传
- 100　别开生面朱鸿兴
- 104　宫廷菜、官府菜、民间菜
- 111　南京美食怀旧
- 118　杭帮菜的今生前世
- 128　"天堂"老字号
- 133　当"传统"成为卖点
- 139　无锡餐饮"老中青"
- 147　水乡清味
- 153　江南食事（上）
- 162　江南食事（下）

第四章　餐桌上的艺术

- 172　关于中餐的"半科学"探讨
- 179　中美素食主义
- 183　吃肉
- 187　饥饱
- 192　口有偏嗜
- 196　食疗
- 201　好吃与好看
- 207　女作者笔下的美食旅游
- 212　餐桌礼仪的喜剧
- 217　江南零食怀旧

南来北往吃东西

冯　进

　　古人说:"食色性也。"可周作人瞧不起古今中外的"男女之事",鄙夷其太过单调,反倒视不同时代人吃吃喝喝的细节为文明的"精粹",赞扬它们是历史、文化留下的"或华丽或清淡的痕迹"。饮食之道,贯穿古今,纵横东西,且雅俗共赏。谈吃既能阳春白雪,博大精深,又可接地气,品民生,与柴米油盐、日常生活息息相关。西人说"我食故我在"(We are what we eat)。因为饮食不仅为人体新陈代谢提供必要养分,保证人类的生存繁衍,还为我们构建自我身份、想象民族过往、编织美丽故事提供了精彩素材。

　　这本《吃货之书》并不高大上,大可叫作"南来北往吃东西"。吃了还要说,倒也不尽是为了自我辩解,表示作为吃货,"吃了肚里还有货"。个人境界无法与"桃李不言"的正宗老饕比肩自不待言。重要的是,机缘巧合之下,有幸能将近十年来写下的与饮食相关的文字整理出版,也算记录英文教学、英文科研之外不务正业的乐趣吧。

　　为什么对饮食之道情有独钟?这就要说到个人渊源。祖籍以"食不厌精,脍不厌细"的饮食文化驰名中外的江南,钓于斯,长于斯，耳濡目染。父亲的家族对饮食的爱好又代代相传。更早不好说，但我的记忆中，从曾祖那辈起，家中的男性长辈都会做菜，懂吃食，不是饭来张口、空发理论的美食家。度过了病恹恹的童年后，我也开发出了对美食的强烈爱好。尽管马齿渐长，胃纳减弱，但对吃食的兴味始终不减。要是哪天没胃口，那一定是因为我生病了。

大学毕业后负笈留美，如今身在异国的年数已多于在故乡的时日。纵然美国民生富庶，食品丰富，家乡的吃食、母亲的手艺时常成为挥之不去的诱惑，引诱我时时回顾。我在位于美国爱荷华（Iowa）州的格林奈尔大学（Grinnell College）任教十数年，也多次教过有关中国饮食文化的课程。但将吃的文化作为研究课题始于五六年前。除了查阅历史资料，也多次回国采风、访谈，与多地的饭馆大厨、经理和吃客攀谈交流，学到了有关当代中国餐饮业的宝贵知识，也体会到"美食怀旧"深入人心的力量。2016年学术休假，我在复旦大学中华文明中心访学期间还组织了一个名为"怀旧与现代都市"的工作坊，邀请海内外学者及当代描绘老城市的著名作家和美食家如叶兆言、金宇澄、李昂、焦桐等前来参加，交流心得。几年来整理研究资料，撰写英文论文，也顺手写下中文随笔作为留念。

此书得以出版，必须感谢我遇到的多位贵人。首先要提我和《大公报》的渊源。

当初给《大公报》写文纯属偶然。当时在研究中国网络文学，去某网站"卧底"，厕身网友中进行田野调查。因为接触论坛文化，自己也尝试每日更新博客。当时在《大公报》工作的爱荷华老友傅红芬看到，鼓励我给他们投稿，一转眼已过去九年。某次向大学经济系的同事提到我在《大公报》文学副刊有个小专栏，每周一、三、五见报，他很诧异地发问：你都写些什么呀？言下之意，每周发三篇文，很快就该题材告罄、文思枯竭了吧。我非江郎，不曾有过生花妙笔，也无"才尽"的焦虑。只知身边小事，慢慢写来，铅华褪去，文字不像以前那样"学生腔"十足了。

所以，此书能成先要感谢《大公报》副刊各专栏的诸位编辑，从最初的孙嘉萍女士，到现在的刘榕欣女士、张濬东女士，都给我提供了一个发声的平台，让我在泛舟英文学术海洋的同时能找到用中文、写中文的机会。2017年秋季，南京大学张志强教授来我校访学一年。他从十年前开始编辑一套海外学人的随笔、散文集，向我约稿。受宠若惊之余，想到自己讨论饮食文化专题的文字较多，可以修改、扩充、收编，以飨同好。于是有了今天的《吃货之书》。

本书收录的文章分四部分。第一部分讨论古代饮食文化，尤其关注江南饮食。从先秦历经唐宋，写到明清。有的文章介绍古籍中对江南食材、食谱、城市风情、餐饮风貌的记录，有的描述倪瓒、袁枚、李渔留下的食谱及其显示的趣味、心性，还有的说到文人笔下烹饪手段一流的苏州美女。第二部分将视线转向近现代作品，探究郑振铎、俞平伯、包天笑、鲁迅和周作人兄弟、梁实秋、汪曾祺、王世襄父子、陆文夫、唐鲁孙、逯耀东、蔡澜、沈宏非的饮食文字。第三部分记录我近几年在江南采风的经历，调查苏州、杭州、南京、无锡各地的新、老字号，探索商品经济大潮中怀旧与创新、标准化与个性化之间的张力。与前两部分相比，第三部分从书本知识转到亲身经历，书香之外另有菜香，感官体验更为丰富，也更接近活色生香的当代生活。最后第四部分则偏重比较，讨论调料、口感、饥饱、食疗、餐桌礼仪乃至影视中对东、西饮食的不同阐发。最后一篇《江南零食怀旧》从小吃入手，多少梳理了一下现当代中国美食怀旧的脉络，算是"半学术自传"吧。

　　五味杂陈，就等诸位举箸了。

第一章 古人爱吃什么?

先秦古人吃什么？

做孔子的太太一定很不容易，因为圣人对饮食挑剔得厉害。从《论语》中留下的只字片语来看，他不光讲究食物新鲜，要求太太亲手做（"home cooking"），"沽酒市脯不食"，而且对饭菜的形状和吃饭的氛围要求也高，"席不正不坐，割不正不食"。至于他每饭"不撤姜食"，鲁迅考证是因为他周游列国时得了肠胃病，必须吃姜暖胃健脾。

想想也是，那时没有飞机、高铁、高速公路，列国之间道路阻塞，崎岖不平。车轮不用橡胶，马车又没弹簧，出行一定颠簸得很。孔子师生去各国诸侯那里自我推销，又往往不成功，圣人平日有一顿没一顿，"厄于陈蔡之间"，惶惶如"丧家之犬"的时候不少。而且，那时耕作、加工技术都落后，粮食质量不好。尽管吃的是现代人推崇的"全谷"、不加工食品，但多半粗粝磕碜，掺了皮壳、沙土甚至小虫。长此以往不得胃病才怪呢。也许正是因为老胃病，孔子在饮食方面才那么谨慎、讲究吧。

孔子生活的先秦时代，饭菜品种有限，烹饪手段也还在草创时期。主食主要是各种谷物。最早先有小米，周代末期开始出现大麦、小麦和大米。但那时没有磨粉这样的吃法,多半把整粒谷物蒸熟或煮熟了事。黏性强的小米或大米也用来酿造米酒,但不是现在的葡萄酒或高粱酒的造法,基本属于"生啤"类。配主食的主要蔬菜最早是菽,也就是今天我们说的大豆(吾乡叫作"毛豆"),同样是煮食。大豆的叶子也吃,叫作"藿"。后来还有葵,不是现在的向日葵,那是以后从新大陆传来的,而是一种茎叶有绒毛、开紫花的野菜,现代中文叫"锦葵",英文叫"mallow"。古人也吃荠菜和《诗经》里常见的"葑""菲",就是现在说的大萝卜和红萝卜。水果主要有桃、梅、李、柿、枣、杏等。

那时最常用的烹调方法是蒸和煮,加油翻炒的做法北魏已出现,但宋代才全面流行。最有代表性的菜色是羹,就是把肉类放进鼎(稍后详述),加点蔬菜或水果同煮。还有一种肉酱叫"醢"值得一提。它是用碎肉加小米浆和盐,放在米酒里发酵做成的。孔子的弟子,勇猛的子路就是因为打仗时穷讲究,叫嚣"君子死,冠不免",俯身去捡打落在地的帽子,结果被斩成肉酱。孔子听说了子路的死法,就在吃饭时把桌上的醢撤下去了。

看到考古资料,常觉得先秦人食材欠缺,烹饪手段有限,吃得实在乏味。为此也深深赞同鲁迅提倡的"拿来主义",因为直到后来有了汉代张骞通西域,中原和别族加强交流后,有了胡瓜(黄瓜)、胡麻(芝麻)、胡桃(核桃)、胡椒(黑胡椒)等,大家的饭桌才变得精彩起来。

不过,庶民与贵族的膳食自然不可同日而语。《礼记》中载有贵族烹饪理想化的最高境界:周代"八珍"。汉唐以来,美味佳肴多半被叫作"八珍"。宋代八珍指八种珍贵的烹饪原料。到了清代，各系列的八珍主要指八种珍稀原料组合的宴席。"满汉全席"中的"四八珍"就是指四组八珍搭配的宴席，分为山八珍、海八珍、禽八珍、草八珍。追根溯源，这些都是从周代"八珍"演变而来的宫廷菜肴。

《礼记内则》中列出的周代八珍包括：一、"淳熬"：肉酱浇早稻米（香粳米）饭；二、"淳毋"：肉酱浇黄米饭——这两种菜大同小异，都要用煎醢，即炸肉酱加油脂，拌入煮熟的饭中。一说吃起来像汤泡饭，另一说是拌好后要煎到焦黄再吃，类似今天湖北的小吃煎豆皮。三、"炮豚"：煨、烤、炸、炖乳猪。做法是宰乳猪，挖掉内脏，用红枣填满肚子，外面用芦苇包裹，涂上黏土放在炭火上烤。外壳烧焦后，擘开，用湿手抹去表皮的灰膜，用米粉调糊敷在皮上，放在灭顶的油锅里炸到金黄。然后取出来，切成长条，配好香料，放在鼎中。把鼎放在大锅里炖，大锅的水不要漫过鼎边，用文火炖三天三夜，最后用酱、醋调味来吃。这道菜涉及多种烹饪方式，程序复杂，代表了当时烹饪的高峰。四、"捣珍"：烧牛、羊、鹿里脊；另说第四珍为炮牂：煨、烤、炸、炖羔羊，也就是牛柳山珍。取牛柳（牛里脊），配以等量的羊、四不像、梅花鹿、獐子[①]的里脊肉，反复捶击，切掉筋腱。烹熟后，刮去外膜，把肉揉软，用酱、醋调味吃。今日贡丸的做法与此相似。五、"渍"：酒糟牛羊肉或香酒牛肉。把新鲜牛肉逆纹切成薄片，用酒腌渍一夜，第二天用酱、

[①] 本章节中所列烹食之法均出自古籍，为古代饮食文化的一部分。

醋和梅酱调味吃，类似百越的生鱼片。六、"熬"：烘制的肉脯。类似今天的五香牛肉干。取牛、羊、四不像、梅花鹿或獐子肉，反复捶击，去其筋膜。摊在苇席上，撒满姜、桂屑和盐，然后烘熟备用。吃时想吃软的，就把肉脯浸一下，要吃干的，就把肉取出来捶揉一下。七、"糁"：三鲜烙饭。取同等数量的新鲜牛、羊、猪肉，切粒，调味，与稻米混合烙熟。八、"肝膋（音'辽'，肠子上的脂肪）"，就是网油烤狗肝。取一副狗肝，用狗的网油裹起来，调味濡湿后放在炭火上烤到焦香为止。

从以上可看出，当时贵族的烹调在选料、加工、调味和火候上都自成章法，十分考究。例如炮豚一道菜先后采用烤、炸、炖等三种方法，工序竟多达十余道。这显然不符合当代西方美食选用最佳食材、使用最简单方法烹饪的惯例，显示出中国远古时代的烹饪技艺已相当复杂。

我们也可从中发现中餐传统的源头。首先是上流社会对肉食的偏好。据记载，当时人看动物的外貌选择食材，夜间鸣叫的牛、股里无毛的狗和睫毛相交的猪都被认为是次等肉类，弃之不用。还有，周人烹饪不同的菜肴，要使用不同的调料；烹饪同一菜肴，还要根据季节变换更换调料。如烧鱼要配卵酱，鱼脍用芥酱，生肉用醯酱。孔子说过，"不得其酱不食"，可见酱料的重要性。周王另外还有特殊小菜，范（蜂蛹）和蜩（蝉），可见中国人上天入地、无所不食的传统古已有之。

另外，《周礼》中有"八珍之齐"，"齐"与后代"方剂"之"剂"相通，说明"医食同源"在我国有悠久的历史。周代宫廷四医之一的"食医"专为周王调剂饮食,相当于御用营养师,掌管王室人员的"六食"(六种饭食)、"六饮"(六种饮料)、"六膳"(六种肉食)、"百馐"(各种美味食品)、"百酱"(各种酱食)、"八珍"等的分量搭配,大约是我国最古老的宫廷食疗保健制度了。

那么先秦人用餐时使用何种食器,有什么礼仪呢?他们在地上铺席设座,登席前要先脱鞋,也不能穿袜。席的制式不一,长短不齐,可坐一人或数人。一般说来,筵和席同义,只是筵更长,是先铺在地上,然后在上面再铺席供人坐用的。所以到了近代,"筵席"成为酒馔的代称。古人坐时两膝跪在席上,臀部坐在脚后跟上,坐时可以凭几。几是长方形的小桌,类似今天北方的炕几。运送食物的托盘叫"案",或长方形四足,或圆形三足,可以放在地上,形体不大,也不高,功能像美国二十世纪五六十年代流行的、边看电视边吃饭用的"TV Tray"。梁鸿和孟光"举案齐眉",用的就是这种食案。较高的案几和桌椅都要到宋代才流行。

上古做菜的主要炊具是圆腹三足或长方形四足的鼎。鼎口左右有耳,可以穿抬鼎用的杠子,鼎足中空,鼎下可架柴火烧,东西煮熟后人家就从鼎内取食。"列鼎而食"这个成语常用来形容贵族的奢侈生活。这不光因为此举显示主人食物充足,食器丰富,财大气粗。而且,根据当时的规矩,礼祭时天子可列九鼎,诸侯七鼎,大夫五鼎,元士三鼎,以鼎的数量划分等级,高下分明。所以,"问鼎天下"可不是家里多买几口锅那么简单,而是挑战天子权威,胸怀不臣之心。

煮饭用的炊具叫"鬲"(音"格"),样子像鼎,有三只空心的短足，下面可以烧火。蒸饭则用甗（音"掩"），分为上下两层，下层像鬲，上层像甑（音"增"）：一种底部有孔的蒸器，上下两层之间还有带着许多孔的横隔，既便于蒸气上升又可避免生米下漏。

古人盛饭、菜不用碗。古代的碗是加了一个柄的小盂，用来舀水的。那时也有形似碗的器皿，不过名称和用途都与今天有别。盛饭用簋（音"鬼"），是长方形或者圆形的器皿，两旁有耳，腹底有足，可以用青铜、陶、木或竹制成。还有一种样子像高脚盘的豆也是盛食器。瓦制的豆叫"登"，后来照明用的灯形状与此相似，不过最初灯烧的是动物脂肪，用植物油点燃照明是后来的事。

吃饭时，贵族用叫"匕"的长柄汤匙把肉从鼎中捞出来以后，放在俎（两端有足的一块长方形小板）上，用刀割食。所以，"人为刀俎，我为鱼肉"这个成语来自吃饭而不是做饭的情境中。筷子在古代叫"箸"，先秦人用手送饭入口，只有在夹蔬菜时才会用箸。汉代开始才普遍使用筷子。

上古的尊、觥、壶等都可以用来盛酒。上古喝酒常用的是觚（音"孤"）和觯（音"至"），后者较轻小，故有"扬觯"一说。战国以后还出现了一种椭圆形的杯子，两侧有弧形的耳，后人称为"耳杯"或者"羽觞"。杯可以饮酒，也可以盛羹，所以刘邦会对抓住了刘太公要挟他投降的项羽说："幸分我一杯羹。"另外，"爵"是古代饮酒器的通称，但作为专名，是指三足的温酒器，下面可以烧火。

与先秦吃食上的等级分明同理，贵族可用青铜、金银或者玉造的精美多样的食器与酒器，平民只能使用陶制的粗陋器皿。

历代古书中的江南食品

北魏贾思勰所著的《齐民要术》是中国现存最完整的农书。"齐民"指平民百姓,"要术"指谋生方法。"食为政首"是全书的主导思想,所以它也称得上是"古代的烹饪百科全书"。正文十卷,九十二篇,涉及饮食的有二十五篇,包括造酒曲,酿酒,制盐,做酱,造醋,做豆豉、齑、鱼鲊、脯腊、乳酪、菜肴和点心,等等。列举食品、菜点三百种,烹饪方法二十多种,有酱、腌、糟、醉、蒸、煮、煎、炸、炙、烩、熘等。特别是"炒"这种旺火速成的方法已在做菜时应用。但本书着重记录黄河中下游地区的饮食习惯,说汉人喜食鲤鱼,少数民族喜食"羌煮"(煮鹿头肉)等。关于江南菜,只提到吴人爱腌鸭蛋,川人爱腌芹菜,也有专篇指导如何种植莲藕、芡实、莼菜。

北宋陶谷撰写的《清异录》,杂采隋唐至五代的典故,其中和饮食相关的有八类,超过全书三分之一,有关江南饮食风俗的故事逐渐丰富起来。首先,隋唐起江南开发,帝国的经济中心逐渐南移,江南的富庶在贵族饮食中已可见一斑。五代末吴军节度使孙承祐(苏州沧浪亭曾是他的别墅)宴客,指着桌上的菜色洋洋自得地说,作为地方特产的大闸蟹、羊、虾、鱼和小米"无不必备,可谓富有小四海矣"。

说到农产品,书中记载南京有号称"蜜父"的甜梨和色泽美艳、称为"蜡兄"的枇杷。湖州有著名的"雪上瓜",曾是贵族子弟避暑时"瓜战"游戏的材料:每人"取一瓜,各言子之的数",剖开后数子,输的那方请客。而江南多种大白菜,让被抢了生意的卖笋人十分不满,骂白菜是"笋奴菌妾"。

谈到特别菜色,扬州的"缕子脍"用"鲫鱼肉、鲤鱼子,以碧筒或菊苗为胎骨"做成。脍是细切的鱼肉,这道菜将生鱼片、鱼子镶拼到荷叶柄或菊花脑叶上,红绿相间,条分缕析,煞是好看。杭州有"玲珑牡丹鲊",把腌渍发酵的鱼肉切成牡丹状,"微红如初开牡丹",造型也很美。

南京是六朝古都,在烹饪上更是领先全国,有"建康七妙":"齑可照面,馄饨汤可注砚,饼可映字,饭可打擦擦台,湿面可穿结带,醋可作劝盏,寒具嚼着惊动十里人"。腌菜汁、馄饨汤清澈,饼薄透明,醋味香醇,米饭颗粒分明,揉好的面柔韧可结带,油馓子脆香,作者言辞虽有夸张,但可见家常饭食滋味也自不凡。

《清异录》中还记述了代表北方官府菜的烧尾宴。烧尾宴始于唐中宗景龙年间(707—710年),终于玄宗开元年间(713年)。新授大官者向皇帝献食,登第、升迁时摆酒办宴,都叫"烧尾宴",取鲤鱼跃登龙门、天火烧掉尾巴成龙的好口彩。韦巨源官拜尚书令,就在家设"烧尾宴"招待唐中宗。书中所记的韦氏"烧尾食单",是今天能看到的唐代宫廷、官府筵席唯一较齐全的食单。这里也顺便谈谈，因为这对了解南宋时期的杭州餐饮具有参考价值。

陶谷挑选了五十八道"奇异者略记"。其中包含有不少点心、快餐：酥蜜寒具（油炸徼子）、馒头、花糕、二十四气馄饨（馅料、样子各异，代表二十四节气）、长生粥、御黄王母饭（加了肉丝、鸡蛋的豪华版盖浇饭）等，还有"曼陀样夹饼（公厅炉）"。"公厅炉"是官衙大堂的鼎炉，升职时请皇帝吃用官衙公厅炉烘焙的时尚美点——曼陀罗花型的馅饼，是向皇帝表白日后将尽心尽职。

烧尾宴的其余菜色以荤菜为主，原料包括家畜（猪、牛、羊）、家禽（鸡、鹅）、野味（熊、鹿、兔）和水产（鳜鱼、虾）。"通花软牛肠（胎用羊膏髓）"是将羊羔肉泥灌入中空的通草制成的，形似牛肠。通草干燥后呈洁白纤细的圆柱形，能编织成美丽花卉，和羊羔同烹，似乎暗示此菜让人白皙细腻、艳光四射，可能会在宫廷大受欢迎。唐代鱼子、鱼鳔、鱼白（白色精巢）是贵族美食。凤凰是瑞鸟，有凤来仪象征天下太平。韦巨源把"鱼白"称为"凤凰胎"，所以菜色中有"凤凰胎（杂治鱼白）"一味，大概是为了奉承皇帝。

唐代上层流行的菜色沿袭先秦贵族的嗜好，多肉食，烹饪手法复杂，但已出现了后世北方普遍存在的面食。之后金兵入侵，宋朝皇室南渡，定都临安（今杭州），带来了北方与南方饮食风俗的结合。周密所著、追忆临安城市风貌的《武林旧事》详述朝廷典礼、山川风俗、市肆经纪、四时节物、教坊乐部等，其中记载高宗赵构"幸张俊第"的宴席食单，规模宏大，菜色丰富，令人叹为观止。

赵构进张家后先坐下休息，随便吃点，"初坐"上七轮、七十二道水果盘。然后下桌休息,称"歇坐"。宾主再次上桌,"再坐"又上了六十六道果盘。水果秀之后,宴席才正式开始。首先呈上"腊脯一行":八款腌腊食品。然后是"十五盏",即十五轮劝酒,每次上一干一湿两道菜,其中包括十五道海鲜、河鲜。如,"第十三盏"的菜色是"虾枨脍、虾鱼汤齑",前者是虾仁和橙子切丝混合,后者是鱼虾和嫩笋、蕨菜等烹调为羹汤。这种配置像今天南京状元楼的点心宴每次必定一干一湿搭配的规矩。

十五盏后有一组八个插食,类似于主菜,包括炒腰花、烤肚头、烤馒头、炖兔等。下面是午休时间,但宴席远未告终。休息后另有"劝酒果子库十番"的各色水果,"厨劝酒十味"的各色海鲜,"细垒四卓"和"细垒二卓"的蜜饯和脯腊,以及最后"对食十盏"的各种羹、脍和"签菜"(一说签菜是用小竹帘工具做的卷菜,签相当于现在做寿司的工具)。

皇帝的胃口那么好吗?其实,这二百多种吃食有些是"看菜",只为展示气派,但总体包罗了荤、素、水果、蜜饯、腌腊、主食、小吃等。山珍海味俱全,南北菜色交融,彰显了南宋都城的繁华和贵族生活的奢侈。

南宋又有托名古代金华女子所著的首本女性烹饪书出现,称《浦江吴氏中馈录》。儒家传统中,女人负有"主中馈"的重责。曾国藩曾教导家人,"历观古来世家久长者,男子须讲求耕读二事,妇女须讲求纺绩酒食二事。妇女纵不能精于烹调,必须常至厨房。此一家兴旺气象,断不可忽",并引用《周易·家人卦》,"六二:无攸遂,在中馈,贞吉",证明只有主妇认真对待厨房职责,家族才能祥和吉利。史载厨艺扬名天下的传奇女性，包括北魏崔浩之母卢氏，唐段文昌家的"膳祖"，五代用二十个盘子拼成王维的《辋川别墅图景》的尼姑梵正，南宋高宗的御厨"尚食刘娘子"，明末的董小宛，清代的点心师萧美人等。可惜女大厨大多只做不说。她们的故事都靠男性叙事流传，自己提笔写文的凤毛麟角。

《浦江吴氏中馈录》似乎是例外。本书收于元代陶宗仪所著的《说郛》。浦江即古婺州，今属浙江金华。书中讲到的三大类菜：脯鲊、制蔬和甜食，即鱼肉、蔬菜和点心，都很有地方特色。菜色多海鲜、糟卤、腌渍。金华产佛手，书中有"酱佛手"一味，三和菜也赫然在目，瓦罐鸡那时则叫"神仙炖"。另外，古婺州菜多用"泥封"：食物煮熟后装入罐中，裹上毛笋壳，泥封罐口，既能防腐久存，又保持原汁原味。古婺州还有自己独特的厨具和烹饪方法。比如"炉焙鸡"要用"镟子"。这是一种底部可以旋转的锅，烧时要不停转动，使锅内鸡块加热均匀，更酥熟香醇。

元代对江南菜的记载，首推倪瓒所著《云林堂饮食制度集》。作者是无锡人，字元镇，号云林，是元代著名画家，与黄公望、吴镇、王蒙并称"元代四大家"。看他的画作，构图就是一块石头，稀稀疏疏几棵树，取景平远，大量留白，让我从小熟悉的太湖风景也"陌生化"起来。他号称"诗书画三绝"，画法以疏简、淡泊取胜，所谓"有意无意，若淡若疏"，形成荒疏萧条一派。倪瓒被评为"中国古代十大画家"之一，英国《大不列颠百科全书》还将他列为世界文化名人。

据说倪瓒很有远见，元末大乱将至时散尽家财，驾一叶扁舟隐居于太湖和三泖之间。他又以洁癖出名。衣服头巾每天要洗好几次，房屋前后的树木也常洗拭。家中建有"香厕"，一座空中楼阁，用香木搭好格子，下面填土，中间铺着洁白的鹅毛，"凡便下，则鹅毛起覆之，不闻有秽气也"。有一次他看上了一位美貌歌姬，带回家又嫌她污秽，让她洗了一个又一个澡，折腾到天明，终究送走了事，不曾染指。冯梦龙的《古今谭概》中还说到，他因为不愿意为张士诚的弟弟张士信作画，被打了几十鞭，但他始终一言不发。事后别人问起，他回答："一说便俗。"倪瓒曾作一诗述怀："白眼视俗物，清言屈时英。富贵乌足道，所思垂令名。"也许正因为这些清雅高洁的传说，他在士大夫的心目中享誉极高。明代江南人以是否收藏他的画分雅俗。可是，他还著有菜谱，似乎也不像传说中那么"龟毛"。

倪瓒家有云林堂，所以菜谱就名为《云林堂饮食制度集》。除了记录清洗砚台要用的香灰怎么制作等和食物无关的两项，书中汇集了当时无锡一带的饮食五十多种，以菜品命题，逐条而记。原著采用笔记形式，每条都只有几十到一百来字，前后次序比较凌乱。在荤素菜色的烹饪以外，还包括煎茶（莲花茶、菊花茶），制调料和小菜（酱油、酿酒、糟姜、醋笋），做点心（馄饨、馒头、冷淘面、白盐饼）等。菜肴以鱼、虾、蟹、螺、海蜇、江珧等为主，反映了水乡的饮食特色。其中的"蜜酿蝤蛑"（蝤蛑是一种青蟹）据说就是苏帮菜"芙蓉蟹斗"（"雪花蟹斗"）的原型。

不过，倪瓒书中最有名的菜色是"烧鹅"，曾被清代袁枚收录于《随园食单》，并改名为"云林鹅"。袁枚甚至断言说，"《云林集》中，载食品甚多；只此一法，试之颇效，余俱附会"，对这个菜情有独钟。

原书中说，烧鹅时"以盐、椒、葱、酒多擦腹内，外用酒、蜜涂之，入锅内。但先入锅时，以腹向上，后翻则腹向下"。《随园食单》中更为详细地列出作料分量："整套鹅一只，洗净后用盐三钱擦其腹内，塞葱一帚填实其中，外将蜜拌酒通身满涂之，锅中一大碗酒、一大碗水蒸之，用竹箸架之，不使鹅身近水。灶内用山茅二束，缓缓烧尽为度。俟锅盖冷后揭开锅盖，将鹅翻身，仍将锅盖封好蒸之，再用茅柴一束烧尽为度。柴俟其自尽，不可挑拨。锅盖用绵纸糊封，逼燥裂缝，以水润之。起锅时，不但鹅烂如泥，汤亦鲜美。以此法制鸭，味美亦同。每茅柴一束，重一斤八两。擦盐时，串入葱、椒末子，以酒和匀。"

周作人曾品鉴说，鸭太"肠肥脑满"，倒是鹅更"适于野人之食"；吃烧鹅的理想场景是，"在上坟船中为最佳，草堂竹屋次之，若高堂华烛之下，殊少野趣，自不如吃扣鹅或糟鹅之适宜矣"。鸭肉肥嫩，鹅肉粗犷，作为高人雅士，倪云林对烧鹅情有独钟也有道理。

从本书来看，倪云林对饮馔之道颇有涉猎，对捣鼓吃食极有兴味，并非不近庖厨。他还自己试验香灰的制作，也没那么爱洁成癖。古代文人撰写烹调书，力图展示生活情趣，和琴棋书画、莳花种草代表的雅量高致如出一辙。

从元明之际平江（苏州）人韩奕撰著的《易牙遗意》中，我们也可以发现当代许多姑苏糕点的雏形。此书模仿古代《食经》体例，分为脯、蔬菜、糕饵、汤饼等十二类。内容丰富，记载了一百五十多种调料、饮料、糕饼、面点、菜肴、蜜饯、食药的制作方法。也收罗了特殊菜点的制法，如"火肉"，即火腿的熏制法，还将饮食和治病结合起来，"食药类"包括十三种食药的制法。

书中另收录了二十多种江南名点，有"松糕""五香糕""生糖糕""裹糕"等，且制法简明易行。其中"五香糕"的制法如下："上白糯米和粳米二六分，芡实干一分，人参、茯苓总一分，磨板细筛过。用白砂糖、茴香、薄荷滚汤拌匀，上甑蒸。"不但精细营养，且符合糯粳搭配的现代制作工艺。我国早在先秦就有米糕，叫"饵"，也叫"粢"。北魏又出现年糕类的"火壹"。唐时苏州糕点已很有名。白居易、皮日休等人的诗中多次提到苏州"粽子"。宋范成大《吴郡志》载，苏州每个节日都有节食，如上元糖团，重午角黍（粽子）、水团，重九花糕等。明清之时，苏州的糕点品种更趋多样。《易牙遗意》就是这种发展趋势的忠实反映。

到了清代，不能不提两位医生在烹饪书籍中谈到的江南食品。女医曾懿于清咸丰年间出生于四川，从小随父宦游江西。父丧后，母亲带她回到四川。除了雅擅丹青、文辞外，她在中医领域卓有建树，著有《医学篇》。她二十岁出嫁，又随夫宦游闽、皖、浙、赣等省二十余年。

这样一位才女、医生写的食谱也非比寻常。她在《中馈录》中提出："昔萍藻咏于《国风》，羹汤调于新妇。古之贤媛淑女，无有不娴于中馈者"，声称本书能帮助当时的女子履行中馈之责。书中介绍了二十种常见食品的制作和保藏方法，主料选择、配料分量、作料配用、操作方法，以及制作适宜和不适宜的季节、注意事项等都阐述得详细具体。宣威火腿和四川泡菜这类"经典"云南、四川菜榜上有名，但香肠、肉松、鱼松、风鱼、醉蟹、皮蛋、腐乳、酱油、冬菜、甜醪酒、酥月饼等的制作都源自曾懿娘家和婆家的常州口味——她嫁给了表哥，母亲和婆婆是亲姐妹，也都是当年常州阳湖号称"左氏三姐妹"的闺秀诗人。

曾懿的食谱贯穿江南、云南、四川各菜系，且多为糟卤、腌腊、点心等加工食品，意在指导家庭主妇"积谷防饥"，早做筹谋，勤俭持家。在《女学篇》中，曾懿提出女人的天职一是"教育子女，各尽义务，所以培植国民之基础"；二是"勤俭劳苦，家给人足，所以筹划家政之根本"；再就是"医学卫生，以保康强，所以强大种族之原理"。她的食谱具体体现了这些有关女子教育的理念。另外，她在《中馈录》中虽然强调"主中馈"的女性传统职责，但也吸收了西方健康卫生的理念，还提倡中国女人要自我进修，以成为出色当行的"国民之母"。

另外一位清代医生顾仲是浙江嘉兴人。他摘录杨子建所辑的《食宪》中有关饮食的内容，结合自己的经验撰写了三卷《养小录》，包括饮之属、酱之属、饵之属、蔬之属、餐芳谱、果之属和佳肴篇七个部分，涉及二百七十余种饮料和食物。

作者是医家，注重养生。他心中的理想饮食"以洁为务，以卫生为本"，反对奢侈，提倡俭约；反对繁复的烹饪手法，推崇淡然"本味"。在他看来，"三世作官，才晓着衣吃饭"说的不是世家铺张浪费，而是他们懂得"中节合宜"，膳食均衡。书中的食谱很多都很优雅，如暗香汤用早梅、茉莉或柏叶加蜜冲茶。书中虽有鸡鸭鱼肉和虾蟹海鲜，但顾仲似乎更推崇熏豆腐、凤凰脑子（豆腐先腌后糟）、冻豆腐、面筋等素菜。点心不过烧饼、馅饼、脆饼、核桃饼等，制作简易。比较特别的"橙糕"，就是黄橙煮熟、去皮，加白糖做成果冻。

顾仲大力推荐的"蒸裹粽"制法如下："白糯米蒸熟，和白糖拌匀，以竹叶裹小角儿，再蒸。或用馅，蒸熟即好吃矣。如削出油煎，则仙人之食矣。"用糯米蒸熟拌白糖再裹入竹叶做成粽子，再蒸熟。这种粽子油煎，他认为就是"仙人之食"。这和当今鲍鱼、干贝、鱼翅、蛋黄、红烧肉，怎么富贵、厚味怎么做的粽子真有天壤之别。

顾仲的饮食理念和现代的营养膳食不谋而合：美食就是用最新鲜优质的普通食材，烹饪得法，清淡鲜洁。他推崇的菜色、点心与"周代八珍"、唐代"烧尾宴"及南宋御宴的豪放富贵相比，也更贴近江南平民的生活方式：简约、精致、清淡中不失考究。

东京往事

鲁迅和他的热血同乡当年都不大愿意承认自己是绍兴人，旁人问起籍贯，总含混答曰"浙江"。究其根本，只因绍兴是南宋高宗赵构建立的年号，对他们而言这是偏安一隅、民族耻辱的象征。然而无论北宋还是南宋，文学艺术方面都成就卓著，就是物质生活和民情风俗上也足有可观之处。最近重温了孟元老的《东京梦华录》（邓之诚注，香港商务印书馆1961年版）。此书成于北宋亡国、皇室南渡之后，作者的故国之思不可谓不沉痛，然而他以白描手法将北宋首都汴梁的繁华胜景一一道来，那时那地、那人那景无不栩栩如生，让读者不由悠然神往。

孟元老在序中说，他自幼随父亲宦游南北。宋徽宗崇宁癸未年（1103年）来到东京汴梁，居住长达二十多年。靖康之难后，他避地江南，因为在与人谈及京师繁华的时候，年轻人"往往妄生不然"。为了让后人能开卷目睹东京当时之盛况，故而提笔追忆，编次成集，于南宋绍兴十七年（1147年）撰成。《东京梦华录》所记大多是宋徽宗崇宁到宣和（1119—1125年）年间北宋都城东京汴梁（今河南开封）的情况，描述了京城的外城、内城及河道桥梁、皇宫内外官署衙门的分布及位置、城内的街巷坊市、店铺酒楼，朝廷朝会、郊祀大典，东京的民风习俗、时令节日，当时的饮食起居、歌舞百戏等等，几乎无所不包。

后人认为孟元老对北宋的大内宫禁往往语焉不详，措辞又失于粗鄙不文，然而该书对市井日常生活的记载翔实可靠。孟元老仿佛是一个对升斗细民的衣食住行怀抱着无穷兴趣和热情的摄像机，四时八节地在城里城外、东西南北忙碌，时而长焦距、远镜头跟踪追击，时而短焦距、近镜头进行特写。行文看似杂乱无章，其实是以一种平视和移动的视角把汴京各阶层的生活忠实地记载下来。因此，《东京梦华录》与同时代的画家张择端所作的《清明上河图》一样，足以为后代的历史、社会、经济、民俗学家们提供丰富的研究资料。作为一个只会"看热闹"的外行，我最感兴趣的是其中通过美食透露出的当年京师的人性人情。

汴梁人爱好享受，追求生活品质。他们对吃十分热衷，各种"食店"、饼店、酒楼、茶坊名目繁多，无处无之，适合不同消费层次的顾客需求。孟元老列举的"饮食果子""煎点汤茶"和"勾肆饮食"五花八门。鸡鸭猪羊、鱼虾河豚，脍煮炙烤、南北风味具备的大菜不说，还有各种水果及糕饼、奶酪、饴糖等小点心。可见高档消费之外，也有惠而不费的民间小吃可以让人大快朵颐。从孟元老提到的菜名来看，当时人对于各种动物内脏，例如腰子（肾）、肚子（胃）、肠子之类没有什么偏见，可以说我国日后被洋人目为怪异的口味由来已久。

还有，东京人爱吃的"𩠖（音'巴'）鲊（音'眨'）"，就是我们今天的各种腌渍熏腊制品,像盐水鸭、熏鱼、腊肉之类。他们说的"燻",就是今天的"熬"字,"燻物"类似现在的卤肉、卤鸡等等,都是加各种作料和水烹煮很久的菜。他们也吃腌菜或泡菜,叫"菹",当时也叫"冬菜"。从汴梁的点心来看,很多今天还在流行的名目也是"古已有之"。例如,馒头("蒸饼",为避宋仁宗赵桢的名讳改叫"炊饼",武大郎贩卖的那种),包子(称为"馒头"),元宵(称"牢丸"),芝麻烧饼(称"胡饼"),(酥)油饼,馓子(称"环饼"),锅盔(称"饆饠"),切面(名"汤饼"),馄饨等。

  当然,在外面吃饭,除了吃食以外还有其他享受。孟元老提到"食店"中规模较大的叫"分茶",供应各种菜和羹以外,竟然也卖凉粉,那时叫"冷淘"。食店中的"川饭店"则卖"插肉面"等各种面饭,而"南食店"好像鱼菜卖得较多。这些店家的厨师(称"茶饭量酒博士")手艺高明自不必说,服务员(通称"大伯")也技艺高超。客人点菜"百端呼索,或热或冷、或温或整、或绝冷",服务员要一一记牢。上菜的时候,"行菜者左手权三碗,右臂手至肩驮叠约二十碗",而且每个客人点的菜都丝毫不能弄错。错了一点,主人叱骂、罚工钱还在其次,可能会因此被开除、砸掉饭碗。除了专业人士,一般酒楼食店也允许附近的妇女、小孩、成年男子和下等妓女进店,为客人斟酒,供应水果、香药,为客人跑腿、献唱,等等。可见当时餐饮业是集饮食和娱乐为一体的综合产业,满足客人的各种需求以外,也为杂七杂八的非专业人员提供从业机会。

汴梁人又爱好排场、注重体面。孟元老说民间风俗看重美食美器："凡百所卖饮食之人，装鲜净盘合（盒）器皿，车檐动使，奇巧可爱。食味和羹，不敢草略。"这一方面反映了京都的奢侈习气，例如在会仙酒楼，"止两人对坐饮酒，亦须用注碗一副、盘盏两副、果菜碟各五片、水菜碗三五只，即银近百两矣"。但是另一方面，这种对于"卖相"、体面的重视也延伸到对于各种从业人员的仪表要求，"其卖药卖卦，皆具冠带。至于乞丐者，亦有规格。稍似懈怠，众所不容。其士农工商，诸行百户，衣装各有本色，不敢越外"。这是说各行各业都有约定俗成的工作服，连乞丐都得有乞丐的样子，否则会因为"不敬业"被人批评、排斥。

汴梁人对于生活的小小情趣总是乐此不疲，各种年节都要发明新吃食和新玩具加以庆祝。一年之中，除了元旦（就是现在的正月初一）、立春、元宵、清明、端午、七夕、中元（现在的七月半鬼节）、立秋、中秋、重阳、冬至、除夕这些现在还有的名目，他们还庆祝四月初八的佛诞、六月初六的崔府君生日（唐朝的滏阳令，传说死后成为此地的神主，相当于汴梁的土地爷吧）和六月二十六的灌口二郎神生日。每个节日当然都有一整套仪式、风俗和饮食。比方说，清明节前的大寒食前夜叫"炊熟"，要做一种叫"子推燕"的点心。有的说是用枣泥和面做成燕子形状，成串用杨柳条插在门上，也有的说是用面粉做成蒸饼，用枣子围起来，然后一个个用杨柳插在门上，总之是为纪念不慕荣华富贵、拒绝出山做官、不幸被烧死的介子推就是了。清明节现在是上坟祭扫的日子，那时还是一个群众性春游活动。大家在园林、树丛中互相劝酬，载歌载舞，贩卖各种吃食的小贩也到处都有。最后，人人喝得醉醺醺地，带着枣面做的蒸饼和黄土偶人"黄胖"，兴高采烈地各回各家。

因为偏好生活的精致、体面和热闹，汴梁人的婚丧嫁娶也格外繁琐别致。比方说，娶媳妇要经过起贴（分草贴和细贴两道程序，写上双方的重要亲友、田产、官职等等），许口酒，下小定、大定等等流程。在此之前还有相媳妇的风俗。婆家相中的就在女子帽子上插上钗子，不成的话也要给女方留下一两段彩缎，名为"压惊"。出嫁的女儿要生孩子了，娘家就要用银盆（或至少彩画盆）装上一束粟秆，用锦绣巾帕覆盖，再在上面插花和放置通草剪贴的五男二女花样，装上一盆馒头送去，叫作"分痛"；又送眠羊、卧鹿形状的点心和小孩衣物，叫作"催生"；还要在分娩时送去粟、米、炭、醋之类。至于以后的抓周等风俗就更不用说了。

小时候上古代历史课，老师提起宋朝的"积贫积弱"就痛心疾首。可是在"收拾旧山河"的民族情绪与官方话语之外，今天的我们是否更有心情欣赏和品味它的人文情趣和独特风韵了呢？

杭州菜与扬州菜

有关江南繁华富庶的传说源远流长。"上有天堂,下有苏杭""腰缠十万贯,骑鹤下扬州"都古已有之。在此列举明清时期的两本著名笔记,听那时代的人讲讲杭州与扬州丰富多彩、引人垂涎的饮食文化。

《西湖游览志馀》是明代嘉靖年间的杭州人田汝成辑著的散文集,共二十六卷,成书于十六世纪。作者之前的《西湖游览志》记录杭州西湖名胜、掌故传说,"叙列山川,附以胜迹,揭纲统目,为卷二十有四"。《西湖游览志馀》则是将他在编辑《西湖游览志》过程中搜集的超出西湖范围的材料加以整理而成。本书内容依旧以杭州为中心,但从记述山川地理转移到以记载掌故轶闻为主,比前书含有更多的文学资料。除了记录前人游历杭州的有关诗词,本书还载有不少故事,有的后来被改编为白话小说,如周楫的《西湖二集》和已失传的《西湖一集》,就大半取材于《志馀》。

不过我最感兴趣的是书中描述的杭州饮食文化风情。田汝成精通宋史,《志馀》一书对杭州这个南宋都城的宫廷礼仪、豪门生活与民间风俗多有涉猎,堪称活色生香,引人入胜。比如,他说到高宗赵构宫中有位女御厨名叫"尚食刘娘子",又罗列了高宗去张俊家赴宴时让人眼花缭乱的菜色,对各种节日或赏花、观潮、避暑时的宫廷礼仪规范也有记载。二月二龙抬头,宫廷举办"挑菜御宴"。内苑事先准备好红绿花色酒杯,杯中底层是丝绸做成的小卷,写上菜名后用红丝系上;上面种上蔬菜、荠菜花等。开宴后,后妃、宫女等按照次序用金箸在杯中挑动,挑出的小卷上有五红字的有赏,有五黑字的则罚,王公贵族争相模仿,成为上层饮宴游戏的一种。

民间节庆日的饮食风俗也很丰富。十月以后,都城人就开始准备过新年,用胡桃、松子、乳蕈、柿栗做成腊八粥,祭灶要用"花饧米饵"(麦芽糖)和糖豆粥。元宵节时,民众盛装外出看灯,街头饮食也丰富多彩,包括乳糖、糖粽、圆子、韭饼、南北珍果、泡螺、灌糖酥藕、粉豉汤等二十多种。重阳节时,大家用黄米粉、栗子粉和糯米粉拌蜂蜜蒸糕,铺上肉条,插上彩旗,赠送亲友。太学生除夕祭灶,希望科举考试早日高中,自有讲究。祭品用枣子、荔枝和蓼花,取"早离了"的谶语,又有几只鸭脚用酒浇浸,取"侥幸"之意,甚至游览西湖也不去供奉白居易(乐天)、苏轼和林逋的"三贤祠",因为三人的名字合起来谐音"落苏林",影射落第,太不吉利。

另外,官府和贵族家庭普遍设立"四司六局"管理饮宴,张罗酒席。四司为帐设司、厨司、茶酒司、台盘司,六局为果子局、蜜煎局、菜蔬局、油烛局、香药局、排办局。若家里没有这么规范的专业团队也无妨。置办酒宴时,他们可以出钱雇佣这些专业人士代办。

为奢侈的贵族生活和众多的市民享受提供支撑的，是以西湖为中心的杭州一带丰富的农产品。当时民间谚语有"西湖日销寸金，日生寸金"之说。都城虽是声色犬马的销金窟，但湖中出产莲、藕、菱、芰、茭白、芡实、鱼、虾、蟹等，足以供应城市消费，而且种植这类经济作物远比种粮食利润要高。天竺有金桂、银桂、丹桂，可以酿酒、做糕、制"天香丸"。附近的湖山还出产枇杷、杨梅（作者认为味道胜过西域葡萄）、茶叶、菌菇、莼菜。每年盛夏，从海上入江的"石首鱼阵"，长达数里，声响如雷，让喜欢黄花鱼的杭州人大快朵颐。作者列举的这些物产，和吴地太湖一带的"山家十八鲜"大同小异。但身为杭州人，田汝成如数家珍，自豪之情溢于言表。

另一本名著《扬州画舫录》成书于清乾隆六十年（1795年），是江苏仪征人李斗著的笔记集，共十八卷。第十七卷记述建筑和手工艺，第十八卷专记述扬州画舫的历史和匾额，第一卷至第十六卷则较全面地记述了十七、十八世纪扬州社会生活的各层面，包括著名的扬州二十四景，乾隆游扬州的典故，关帝庙、茶肆、食肆、药肆、酒楼、首饰铺、粉黛、画舫、灯船、风筝、养鸟、猴戏、相扑、杂技、博钱等风土人情，漆器、醃腊、鱼翅等土产，四大书院，八大禅寺，三大庵堂，梅、桃、牡丹、芍药、荷花、桂花、芙蓉七大花市，财神、清明、龙船、观音、盂兰、重阳六大会市，以及有关元明清三代杂剧的史料。

扬州自古是富贵渊薮，风流集萃，唐代起就是诗人笔下"十年一觉扬州梦""人生只合扬州死"的让人神往的所在。本书记载明清奢靡社会风气下的维扬风情，仅吃食一方面就令人咋舌。作者编排笔记条目按照地点，从扬州城外的大运河和乾隆下江南的"御道"开始，北、南、西、东几大城门范围内，随处有风景名胜、历史掌故、文化名人，也随处有美食。

比如，府城西北有鱼市和出售菱、藕、芋、柿、虾、蟹、车螯（淡水蚌）和萝卜的"八鲜行"，画家吴楷就以雅擅烹饪家传"扬州车螯糊涂饼"知名。城北驻扎兵营，也有盐务候补官员居住，此地的"大厨房"专供"六司百官"饮食，和现代食堂相仿。但这里提到的"满汉席"分等级，从第一等的燕窝鸡丝汤、海参烩猪筋、海带猪肚丝羹、鲍鱼烩珍珠菜、淡菜虾子汤、鱼翅螃蟹羹、鱼肚煨火腿，第二等的蒸驼峰、梨片拌蒸果子狸、蒸鹿尾、鲫鱼舌烩熊掌，第三等的糟蒸鲥鱼、假班鱼肝、西施乳、文思豆腐羹，到第四等的获炙哈尔巴小猪子、油炸猪羊肉、挂炉走油鸡鹅鸭、猪杂什、羊杂什等，趋势是从名贵海鲜、燕窝到一般的猪牛羊菜色。

扬州盐商豪奢，平日也喜欢斗富，每有婚丧大事，动辄花费"数十万"。有的盐商每次在家吃饭，厨房都要准备十几种包括荤、素、茶、面在内的不同席面，端上来主人一摇头就另换，食器的奢侈自不在话下。

平民外食的选择也不少。城南有擅长"熏烧"烤肉的杨氏食肆，城东小东门街各种食肆供应糊炒田鸡、红白油鸡鸭、板鸭、炸虾、鸡鸭杂、五香野鸭、火腿片之类下酒菜。城西虹桥下是豪门画舫云集的胜地，厨师分为"家庖"和"外庖"两种，上门提供服务或为游客烹饪料理。作者介绍了几位家庖的"招牌看家菜"，如吴一山炒豆腐、田雁门走油鸡、江郑堂十样猪头、文思和尚豆腐等。另外，乘坐画舫游览可以四处"野食"，即，从城内的饭店、食肆预先订餐，傍晚时分自有外卖送来，各种汤面尤其受到欢迎。街头小贩提篮过市，卖豆腐脑、茯苓糕、洋糖豌豆、芋头等零食，还有一种叫"大观楼"的糖，三寸高、三寸围圆，中间包裹豆沙等馅心，有时贵到十几文一个。

袁枚为此书作序，认为其远胜宋代李廌的《洛阳名园记》和吴自牧的《梦粱录》。今人普遍看重《扬州画舫录》中对扬州园林的全面介绍。我却觉得，书中记的清代的"淮扬食相"也独具魅力。扬州的美食文化与当时商业发达、娱乐兴旺的大环境有关，书中就提到扬州浴堂大盛，看戏、游览流行等。美食解忧，再加上精致的园林、五色的染坊，书中所录真是神仙一样的日子。

《桐桥倚棹录》之美食今昔

虎丘是苏州的名胜古迹，春秋五霸之一的吴王阖闾葬在这里，至今还有剑池、斜塔为证。晋末又有高僧竺道生（世称"生公"）立石为徒的说法，据说他舌灿莲花，令顽石点头。至于在苏州做过官的"韦苏州"（唐朝苏州刺史韦应物）、"白苏州"（唐朝苏州刺史白居易）、刘禹锡（唐朝苏州刺史）、王禹偁（长洲县令），或是苏州本地名人陆龟蒙、文徵明、唐伯虎，与他们相关的古迹传说更是连篇累牍，举不胜举。山塘河是唐代白居易从杭州调任苏州刺史时开凿的，西起虎丘，东至阊门，可以直通京杭大运河。河北修建道路，称为"山塘街"。山塘河和山塘街长约七里，故谓"七里山塘到虎丘"，山塘街自古有"姑苏第一名街"之称。

余生也晚，没赶上当年文采风流、市面繁华的盛况，最近偶尔翻到一本道光年间（1842年）清人顾禄（字铁卿）的《桐桥倚棹录》，总算弥补了一点遗憾。桐桥在虎丘，跨桐溪，一名"胜安桥"。作者引用唐代李嘉祐"春风倚棹阖闾城"的诗句为题，当然是要谈古称"阖闾"的姑苏，尤其是"七里山塘到虎丘"的胜迹。我看的这个本子根据顾颉刚的藏本校订、1979年由上海古籍出版社出版，书后还附有顾颉刚、俞平伯、谢国桢、吴世昌诸人的题记。薄薄一本小书，内容却相当丰富。作者分十二卷记述了虎丘的山水、名胜、寺院、祠宇、冢墓、坊表、义局（收容孤、贫、残、老的慈善机构）、会馆、第宅、堤塘、溪桥，除此之外，更是对前人从未涉及的手工作坊、酒楼饭馆、园圃游船做了浓墨重彩的描述。当年苏州人的物质生活、休闲娱乐和人情风俗无一不是栩栩如生、跃然纸上。

谈苏州，谈虎丘，谈山塘，当然不能不说美食。清代苏州士绅有"穷烹饪"的嗜好和名声。顾禄写到位于斟酌桥旁的三山馆和创立于引善桥旁的山景园酒楼都修筑在虎丘山下，址连塔影，"门停画舫，屋近名园"，生意好得不得了。不光是附近居民的婚丧嫁娶多在此地办理，苏州城内和其他地方也客如云来。三山馆所卖的满汉大菜及汤炒小吃多达一百四十九种，举凡山珍海味，煮炒烹炖，荤素红白，应有尽有。其点心多达二十六种。"菜有八盆四菜、四大八小、五菜、四荤八拆，以及五簋、六菜、八菜、十六碗之别"，"盆碟则十二、十六之分，统谓之'围仙'，言其围于八仙桌上"。一家酒楼的菜单这么长，名堂这么多，难怪顾禄引用沈朝初《忆江南》词云："苏州好，酒肆半朱楼，迟日芳樽开槛畔，月明灯火照街头，雅坐列珍馐。"

为美食增色的不光是水光山色，还有当地别具一格的交通工具：舟船。顾禄写道：白居易开掘山塘河之后，不仅是苏州的水陆交通大为便利，民众的休闲娱乐也提高了一个档次。宽敞精致的"沙飞船"，因扬郡沙氏变造得名，专为苏州人和外来商人提供宴饮服务。大的可容三席，小的可容两席，船家设有厨房，凭客点菜。沙飞船是苏州每年四月开始"试灯"到秋天"木樨市""落灯"的灯船，除用作赛灯以外，主要也作为一个游乐吃喝的场所。

作者的这一段描写十分动人："良辰令节，狎侣招游，谓之下虎丘。必先小泊东溪。日晡，与诸色游船齐放中流，篙橹相应，回环水中，俗呼'水礜头'。少选，红灯一道，联尾出斟酌桥，迤逦至野芳浜，亦必盘旋数匝，谓之'打招'，与月辉波光相激射。传餐有声，赌爵无算，茉莉珠兰，浓香入鼻，能令观者醉心……予时驾小艇，尽灭灯火，往来其间，或匿身高阁与树林深处，远而望之，不啻近斗、牛而观列宿也。"这一幕不光描摹了赛灯、划艇、酒令、餐饮等各种休闲游戏，简直就是"你在船上看风景，看风景的在船上看你"了。

这样声色犬马、风情万种的苏州，连出家人都仿佛陶醉于十丈软红之中。顾禄说苏州虎丘仰苏楼和静月轩的花露"多释氏制卖，驰名四远"。这些以锡瓶装的饮露分门别类，对症而饮，多达四十余种，口味包括茉莉、木樨、海棠、木香等等。先不论药效如何，开瓶芳冽，入口甜美，和尚莫不是欲以供养色香世界参悟空寂吗？

《桐桥倚棹录》中描绘的老苏州山塘街的饭馆，惜乎在太平天国时都毁于兵火，很多传统的苏帮菜也因种种原因失传。幸运的是，苏州烹饪协会会长、曾任松鹤楼大厨的华永根先生收集研究《易牙遗意》《调鼎集》等古食谱，结合自己和其他苏帮菜名厨多年的经验，终于出版了《桐桥倚棹录菜点注释》，为后人复现了书中仅提到名字的一百七十多道大菜、小炒、点心。不少菜式至今还是苏帮菜的扛鼎之作，如天平石家饭店的鲃肺汤，乾隆最爱的樱桃肉（旧称"果子肉")和八宝鸭等。

按照食材,这本书分猪肉、水产、鸭、鸡、(海)参(鱼)翅、素菜、蛋类和点心几个部分分别阐述。每种菜谱又分三部分,"食材"注明成分,"注释"解释做法,"评说"则评价菜色在苏帮菜中的地位,解释其文化内涵,并附上注释者的经验体会。如,说到大菜"金银肉",华永根除了点出食材(火腿、猪肉、葱、姜、酒)并描述烹饪步骤,还在"评说"部分谈到火腿要选"中锋"部位,先用冷水泡去咸味,上笼蒸时可涂上白糖,以便火腿片更快软熟,铺在火腿片上"粗斩细切"的猪肉不需再加盐,只用葱、姜、酒拌匀即可,因为火腿的咸味会渗透到鲜肉中。接着,他又说到自己做狮子头时,"小鲜肉加老咸肉按七比三的比例"拌打上浆,也可提鲜。苏帮菜温柔平和,罕见太辣、太酸、太咸的作品,但这种"咸配鲜"的烹饪诀窍极为普及,类似的做法另见风鱼(腌青鱼)、蒸鲜猪肉糜等菜色。可见注释者出色当行,抓住了苏帮菜一大口味特色。

苏州菜的另一口味特色是咸中带甜。木樨肉、高丽肉两道菜,前者将糖桂花夹入煮熟的五花肉片中,着上蛋清、淀粉糊后入锅油炸,起锅,撒白糖装盘;后者用枣泥加桂花、松子铺到板油上,卷起后切小段,再分段放入蛋清、生粉调成的"高丽糊"上浆,入锅油炸,起锅后撒白糖装盘。诀窍是刀工细,手法稳,火候匀。据说成品"枣香扑鼻,松肥润糯",听来精细,想来可口,但让不爱吃糖的北方人看了可能不免大惊小怪,目为异端。

有趣的是,清代的苏菜饭馆已呈现出南北荟萃、中西合璧的趋势。如,"哈儿吧肉"就是满族人爱吃的白切肉,"哈儿吧"是满语猪后腿之意。所以,《桐桥倚棹录》夸耀苏州饭馆供应"满汉大菜"倒不是空穴来风。不过,苏人的做法更精细。猪后臀肉先擦盐腌过,再入水焯,最后上笼蒸,吃时切片,还要加蒜泥等调料。另外,"烧肝"一道,用猪肝加网油烧烤而成,食用时加香菜、甜面酱,似为周代"八珍"中"肝膋(音'辽')"一味的余绪,只是当年周朝贵族吃的是狗肝,而不是猪肝。书中不时出现的"芥辣鸡""芥辣肚片"等其实就是咖喱菜,也说明了外国料理的西风东渐。

当然,《桐桥倚棹录》强调的还是苏菜,彰显出浓郁的地方特色。除了上面提到的腌脂食品搭鲜、咸带甜的代表性口味,最突出的是食材中不用牛羊肉,而以猪肉、家禽、水产为主,水产中又以黄鱼、甲鱼、长江鲥鱼和刀鱼提到的最多。另外,尽管借鉴北方菜炸、爆、烩等手法,苏帮大厨的当家本事还是讲究慢工出细活的煨、炖、焖。如,连叶圣陶、俞平伯这些苏州老先生都不甚了了的"拆炖"其实是猪蹄膀水焯,红烧至八成熟后再拆去大骨,改刀,上笼蒸至酥烂;"黄焖"则是食材水焯后,再加少许酱油和糖(有时还加少量红曲粉)后焖煮,菜品色泽棕黄而非酱黑。

《桐桥倚棹录》中提到的只是饭馆酒肆菜,老式苏菜另有官府菜、士绅菜、家常菜、寺庙菜、食疗菜等诸多花样。但仅从这一百七十多道菜中就可看出传统苏州菜从大鱼大肉到小炒点心,丰富多彩,五色琳琅;从鱼翅海参到猪肚、猪肝、猪腰子,丰俭由人,各得其所。感谢华永根先生的辛劳,让读者有幸窥得前人博大精深的烹饪技艺,了解明清以来流行于苏州的"观游"文化中必不可少的一部分:饮食文化。

清代姑苏的美人美食

董小宛（1624—1651）名白，字小宛，又字青莲，苏州人，是明末隶属南京南礼部教坊司的官方歌妓，"秦淮八艳"之一。她十六岁结识从如皋到南京应考的"明末四公子"之一冒辟疆（1611—1693），两人一见钟情。三年后，有赖已经娶了柳如是的钱谦益从中斡旋，并慨然解囊，以三千两银子为董小宛赎身，成全了她和冒辟疆的姻缘。董小宛嫁给冒辟疆为妾后，两人共同生活了九年，直到她于二十七岁去世。

作为一代名妓，董小宛不仅雅擅书画琴棋，且工针黹，精厨艺。据冒辟疆记载，她写的《奁艳》是一本无所不包的闺阁奇书，"其书之魂异精秘，凡古人女子，自顶至踵，以及服食器具、亭台歌舞、针神才藻，下及禽鱼鸟兽，即草木之无情者，稍涉有情，皆归香丽。今细字红笺，类分条析，俱在奁中"，惜乎今已散佚。我们只能在冒辟疆所著的《影梅庵忆语》以及时人笔记《崇川咫闻录》《清稗类钞》《如皋县志》等史料中窥见她神乎其技的烹饪手段。

《影梅庵忆语》记载二人的神仙眷属生活。除了夸奖董小宛痴情忠贞，侍奉他的父母、正妻、孩子无微不至，冒辟疆还说，"余一生清福，九年占尽，九年折尽矣"。董小宛本人对口腹之欲似乎并不讲究："姬（董小宛）性淡泊，于肥甘一无嗜好，每饭，以芥茶一小壶温淘，佐以水菜、香豉数茎粒，便足一餐。"也就是说，冒辟疆笔下的董小宛常用茶水淘饭，以咸菜和豆豉佐餐。但只因他"嗜香甜及海错风黛之味"，且爱呼朋唤友，"每喜与宾客共赏之"，她就"竭其美洁，出佐盘盂"，盛情款待。即使在她死后，还有冒辟疆的朋友赋诗回忆、赞美董小宛生前亲手烹制的各种美食。

冒辟疆文中选录的董氏出品，包括鲜艳甜香的"海棠花露""桃膏"和"瓜膏"。桃膏的做法是"取五月桃汁、西瓜汁，一穰一丝漉尽，以文火煎至七八分，始搅糖细炼，桃膏如大红琥珀"，想来合乎嗜甜的冒公的口味。她自制的家常佐粥小菜豆豉、腐乳也极尽精细。豆豉要将黄豆九晒九洗，另加香料，务求精洁。腐乳则是"红乳腐烘蒸各五六次，内肉既酥，然后剥其肤，益之以味"，据冒辟疆说滋味胜过发酵三年的腐乳。就是她手制的咸菜也色香味俱全："以冬春水盐诸菜，能使黄者如蜡，碧者如苔。蒲藕笋蕨、鲜花野菜、枸蒿蓉菊之类，无不采入食品，芳旨盈席。"

冒辟疆文中对荤腥所记极少，但《崇川咫闻录》中说到董小宛发明了"董肉"，也就是我们今天的走油肉或虎皮肉：肋条肉水焯，过油煎炸至肉皮起泡，再切片，加作料上笼蒸酥，滗出汤汁浓缩，勾芡浇于肉面。董小宛还曾制作"诗菜"，取"诗中有菜，菜中有诗"之意。如，《如皋县志》中载有她的"菜诗"一首："雨韭盘烹蛤，霜葵釜割鳝。生憎黄鲞贱，溺后白虾鲜"，读起来可能诗味淡薄，但作为记录"诗菜"主要成分的菜谱，倒也自有用处。

另外，据《崇川咫闻录》记载，扬州名点"董糖"也是她的发明，也就是我们今天吃的芝麻酥糖、寸金董糖。

与经历过国朝颠覆、家人离散的亡国之苦的冒辟疆相比，清代苏州人沈复（1763—1825）的一生没有那么大起大落，惊天动地。他也没有前者的诗名、文名和社会地位。两者的交集，可能就在于都通过文学作品留下了让后人开卷入迷、掩卷长思，烹饪手段高明的可爱女性形象。

沈复大概是个传统意义上的人生失败者。作为儒者，他读书举业不成，只能充当幕僚。他也不是个成功的商人。他虽能诗善画，但开店铺卖画为妻子陈芸筹措药钱，却搞得入不敷出。他的家庭生活也非一帆风顺。他和妻子伉俪情深，妻子却不为公婆所喜，被迫离家就医，最终病逝他乡，留下尚未成年的儿女。然而，也许正因为他在布衣生活中对美、爱和艺术的执着追求，他的自传体笔记《浮生六记》享誉中外，流传古今。

妻子是他舅舅的女儿。两人从小青梅竹马，婚后恩爱美满，还曾寄居沧浪亭等风景幽美之地，和诗朋画友往还，过着神仙一样的日子。我觉得最有意趣的是两人生活中的吃食，特别是粥发挥的作用。作者十几岁时跟随归宁的母亲到外祖家小住，他晚上不爱吃甜腻的点心，未婚妻偷偷为他藏下粥、菜当夜宵，结果被哥哥发现，遭到嘲笑。婚后，按照苏人习惯，妻子喜欢吃茶泡饭加臭腐乳或虾卤黄瓜，作者从开始的厌弃、嘲笑，到接受她的口味，称那些酱菜为"鲜美异味"，这是夫妻互相适应、融为一体的象征。后来妻子病重，黎明离家，出外就诊，又是他暖粥共食，送妻子上船。难怪妻子强颜欢笑说:"昔一粥而聚,今一粥而散。"他俩的故事简直能写一部"吃粥记"传奇了。

当然,两人生活中也有不少关于吃食的甜蜜记忆。比如,陈芸擅长烹饪,惠而不费,家常菜色也"有意外味"。她又擅长持家,为丈夫和朋友春游准备好下酒菜半成品,雇佣一个馄饨担子,到了地方一下锅,热腾新鲜。丈夫讲究生活品质而阮囊羞涩,她给准备了梅花攒盒:六个直径二寸的白瓷深碟,中间一个,四围五个,漆色、加盖,盖上有柄如花蒂。打开后是六种菜色,二三知己小酌,随意进食,吃完再添菜,鲜洁雅致。

随园与笠翁

周作人比较袁枚的《随园食单》和李渔的《闲情偶寄》时,曾下断语曰:"笠翁(李渔)犹似野老的掘笋挑菜,而袁君乃仿佛围裙油腻的厨师矣。"这主要是因为他不赞成袁枚的生活方式,鄙夷他辞官隐居后"老不正经"地纳小妾、收女学生,讨厌他"若使风情老无分,夕阳不合照桃花"的诗句,说他"老了不肯休歇,还是挺着脸要闹什么风情,是人类中极不自然的难看的事"。黄裳也有类似成见,对袁枚"大收女弟子,多讨姨太太","顾影自怜的名士才情"不以为然,觉得这位他人眼中的"风流盟主"未免肉麻。

不过,无论袁枚是否真是个"油腻男",他的《随园食单》一直受到后世文人的击节赞叹。梁实秋认为他秉承文人写食谱的传统,日常饮食注重情趣,随缘触机,点到为止,"文字雅洁生动,读之不仅馋涎欲滴,而且逸兴遄飞"。汪曾祺也觉得"中国饮食书写得较好的"还得数《随园食单》,因为袁枚会吃,"有味者使之出,无味者使之入","炒素菜用荤油,炒荤菜用素油"等评论都很中肯。到了当代,学者朱伟"考吃",《舌尖上的中国》第二部的总顾问之一沈宏非给美食专栏撰文,都还在引用袁氏的观点。

袁枚（1716—1797），原是杭州人，四十岁辞官，在南京小仓山下筑随园，广收弟子，女弟子尤众，又过了四十年诗酒风流的生活。他的《随园食单》有几大特色。一是全面记述烹饪技术和南北菜点。从选料、洗涮、搭配、调料、色香、火候、容器说到采办季节、烹饪节奏、上菜顺序甚至厨房保洁，记录了三百二十六种南北菜肴糕点。二是详细记录食谱来源，表明他对美食之道一丝不苟之外，从侧面反映出他虽为"平民"，但却出入达官显贵之家的生活方式。《随园诗话》中也揭示，他这样做还因为对他有知遇之恩的清代高官尹继善对别人吃啥很有兴趣，让他当"美食间谍"，去各家刺探美味后密报。三是他擅长总结，得出一套后人珍视的烹饪和饮食理论。如，强调烹饪要讲"本分"，戒"穿凿"，保持食材的原味和厨师拿手的特色，务求新鲜、适量、清洁。上菜时"咸者宜先，淡者宜后；浓者宜先，薄者宜后；无汤者宜先，有汤者宜后……度客食饱，则脾困矣，须用辛辣以振动之；虑客酒多，则胃疲矣，须用酸甘以提醒之"。他反对贪多的"目食"，只求贵不求好的"耳餐"以及残忍杀戮，浪费物力、人力的"暴殄"等饮食方式。另外，他还热衷于训练厨师，声称"厨者偷安，吃者随便，皆饮食之大弊。审问慎思明辨，为学之方也；随时指点，教学相长，作师之道也"。他不但训练了自己的家厨王小余，请饭馆厨师来操办宴席时，还要培训他们适应自家的章程。

但袁枚毕竟植根江南。书中提到的菜色、点心虽包罗南北，但他所熟知的调料、食材还是以南方物件为多，比如浦口醋、班鱼（即苏州木渎石家饭店有名的鲃肺汤的原料）等。他点评时又爱发书生言论，将俗套菜色比喻成唐人应试的试贴诗，把模仿别人做菜比作读书人应试时揣摩考官心意的做法。此书也显示了袁枚到底是富贵中人。如，他认为美食美器虽然不必明代宣德、成化、嘉靖、万历四朝的官窑烧制，至少也得是清代官窑出品。他又认定一种菜肴中的食材搭配，"贵物"分量要多，"贱物"要少。这和清寒读书人山居茹素的格调大不相同。

由此可见，美食家仅有灵敏的舌头还不够，经济基础、人脉背景都很重要。说到底，《随园食单》所载的食谱称得上"牡丹绝色三春暖，不是梅花处士妻"。难怪赞美食贫、习苦的周作人和自称对吃一无所知的黄裳看不惯。

其实，李渔游走豪门"打秋风"，训练剧团挣工资，格调未必比仕宦出身的袁枚高。李渔（1611—1680），初名仙侣，后改名渔，字谪凡，号笠翁，生于浙江兰溪，明末清初文学家、戏曲家。他的作品，我最早在中学时代读过的，是号称"中国古代十大喜剧"之一的《风筝误》的剧本。大学时代，有位研究明清戏曲的老师对他推崇备至。又记得那年贾平凹的《废都》出版，毁誉参半，闹得满城风雨，好不热闹。系里一位年轻教授说，贾平凹有些写法是借鉴《金瓶梅》和李渔的《肉蒲团》的。这两本书我当时都没看过，所以心中很是好奇。

通读《闲情偶寄》（浙江古籍出版社1985年版）是到美国大学教书之后的事了。此书内容相当丰富。除了卷一、二讨论戏曲的《词曲部（上、下）》以外，其余四卷谈的都是日常生活：教导女子怎么打扮的《声容部》、探讨居家装修的《居室部》、描述自己种种小发明和小嗜好的《器玩部》、谈饮食之道的《饮馔部》、论花草树木的《种植部》和讲究养生之道的《颐养部》。与其说是"美食家",笠翁在书中更像个时尚潮人和 DIY 达人。

这从他的"美人养成大法"中可见一斑。李渔有资格谈这个话题吗?据他说,自己"一介寒生,终身落魄,非止国色难亲,天香未遇,即强颜陋质之妇,能见几人?",不过"缘虽不偶,兴则颇佳,事虽未经,理实易谙,想当然之妙境,较身醉温柔乡者倍觉有情"。如果仅看这一段,我们可能会觉得他大言不惭。现在如果有个连美女都没见过的落魄文人以"想当然"为由,毛遂自荐写美容专栏,恐怕会让人笑掉大牙吧。不过,上述李渔的"自传性叙述"只是小说家言。

他祖籍浙江兰溪,但父亲、伯父都在江苏如皋行医为生,小时候也过了十几年富足的好日子。父亲去世后,李渔回到老家,家道逐渐中落,被迫卖掉了不少房产和田地。他年轻时中过秀才,后来因为明末的战乱绝意仕途。以后,年过不惑的他移居杭州,卖文为生。又在知天命之年搬到南京,除了在全国各地四处打秋风,他曾经组织家庭剧团,精心培养两名女演员为台柱,演出他写的剧本。又办芥子园书店,印刷的书本图谱以精美著称。十几年间赚的钱能养活一家五十多号人,生活过得有滋有味,颇为滋润。可见李渔并不是一直赤贫,还是见过世面的。

李渔在《声容部》中不厌其烦,细致地从各个方面谈论女性的先天条件和后天修饰。《选姿》中谈到肌肤、眉眼、手足、态度,这是说如何选择在外貌方面有发展余地的女性。《修容》里说到盥栉（洗脸洗头）、熏陶（熏香）、点染（擦粉点胭脂）是最初步的个人生活习惯和化妆技巧的培养。《治服》讨论首饰、衣衫、鞋袜，这就涉及主人经济方面的投资了。《习技》教导女子掌握文艺（识字写诗文）、丝竹、歌舞，更是凸现主人如何花费心力，让买来的姬妾获得文化和才艺方面的提升。

李渔这一卷中写得面面俱到，但我看来看去，总觉得这些未必是教养大家闺秀的套路，而是在说怎么培养一个色艺双全的"扬州瘦马"或者他家的戏班子台柱。这一卷纯粹是以那个时代男性的眼光来谈如何塑造赏心悦目的美女的秘诀，所以说不上有什么高格调。不过李渔总算还有几根雅骨，他的审美标准大多以俭约、得体、秀雅为主。比方这一句："妇人之衣，不贵精而贵洁，不贵丽而贵雅，不贵与家相称，而贵与貌相宜。"又比如，他不主张女子首饰过多，认为女子只有新婚的第一个月要珠围翠绕，以此慰藉父母、公婆之心，其余时间应该插戴鲜花或者通草做的花。

另外，李渔的文笔不错，有些评论称得上比喻警绝，让人叹为观止。和那时代的很多文人雅士一样，李渔欣赏肤色白皙、肌理细腻的女性。现在说的什么"小麦色"肌肤、阳光型美人，那个时候是会被视为乡下村妇的。他对肤色的解释别出机杼。他说，人由"父精母血"孕育而成，精色白，血色红，所以遗传父亲方面多的人皮肤偏白，遗传母亲方面多的则肤色较黑。这是无稽之谈，且不去说它。李渔更进一步的妙论是"选材之法"，即，要用人工改造成美女，如果对方肤黑，要选肌理细腻、皮肉宽松者为佳。因为肌理细腻，如同布料染色，粗布难染而绫罗纱绢一类的细布则容易着色。而皮肉宽松者，就像皮匠制鞋，"未经楦者，因其皱而未直，故浅者似深，淡者似浓"，而皮肉一旦长得结实饱满了，就像皮鞋经过楦制，完全定型，无法再着色了。此种奇谈怪论，难怪他的朋友余澹心下眉批曰："此种议论，几于石破天惊。笠翁（李渔）其身藏藕丝而口翻沧海乎？"

吃的内容在《闲情偶寄》中所占篇幅不大。但和"美人养成"一样，这部分以小见大，很能体现笠翁的个性和情趣。李渔对自己的生活情趣一直非常自傲，曾给礼部尚书龚芝麓写信说："庙堂智虑，百无一能；泉石经纶，则绰有余裕。惜乎不得自展，而人又不能用之。他年赍志以没，俾造化虚生此人，亦古今一大恨事。"他写《闲情偶寄》就是为了表明自己一生没有虚度，要把平生的小灵巧、小乐趣传诸后世了。

李渔是个蕙质兰心的人。他设计过很多室内装饰的小物件和家具，充分表现出独到的匠心。例如，他自己想方设法造的窗户式样独特，有时就是画框模样，可以装在船上或者家里用来"借景"。他的发明创造还包括一种冬天的连桌躺椅：椅子宽大柔软，可坐可卧，而且又在桌子底下隐蔽处配备了炭炉，冬天伏案写文时砚墨不会冻结，人也舒服。要是出游，只需要加上滑竿，就可以抬着走路上山。李渔对卧具也极为重视，声称"人生百年，所历之时，日居其半，夜居其半……是床也者，乃我半生相共之物，较之结发糟糠，犹分先后者也，人之待物，其最厚者当莫过此"。对他来说，卧具比与结发妻子的关系更长久、亲密，所以他不光讲究床帐，而且想办法在帐内设置一个花架，让花香"直入梦魂""俨若身眠树下"，听起来确实很美很惬意。

李渔对生活小情趣的执着还表现在吃食方面,其中依稀可见晚明"三袁"和张岱的影子。尽管他在《闲情偶寄》中大赞蔬菜"味含土膏,气饱霜露",天地精华所钟,美味胜过荤菜。但他的爱蟹成痴众所周知:"予于饮食之美,无一物不能言之,且无一物不穷其想象,竭其幽渺而言之。独于蟹螯一物,心能嗜之,口能甘之,无论终身一日皆不能忘之,至其可嗜、可甘与不可忘之故,则绝口不能形容之。"这是说,他对螃蟹是情之所钟,只可意会,不可言传。为了吃到蟹,李渔每年在螃蟹上市以前就开始存钱,家人笑他"以蟹为命",他也老实不客气地说这些是"买命钱"。

李渔其实同样爱花如命。他说:"予有四命,各司一时:春以水仙、兰花为命,夏以莲为命,秋以秋海棠为命,冬以蜡梅为命。无此四花是无命也;一季缺予一花,是夺予一季之命也。予之家于秣陵,非家秣陵,家于水仙之乡也。"他说起某年春天,因为过年已经把钱都用光了,到水仙开时,囊中空空,一文不名,没钱买花。家人劝他,一年不看水仙,也没什么大不了的。他回答说:"宁减一岁之寿,勿减一岁之花。"又说,要不是为了看水仙,干吗冒着风雪回南京,在他乡过节就是了。家人无法,只好听任他把女眷的首饰当了几件去买水仙花。可见,对他来说,爱吃蟹与爱花,爱设计园林、家具,爱打造美人一样,都只是彰显生活情趣的一个方面。

照说随园和笠翁两人生活的时代相隔百年,平生遭际也大为不同,本来不该有交集。但只因两人"吃货"的传说代代相传,后世的好事文人难免要将他们相提并论,不时拿出来一较高下。不过,

《随园食单》与《闲情偶寄》两书中所载两人对美食的态度还是多少显示了他们不同的背景和地位。

比如,谈到汤面,有人将袁枚称为"挺汤派",因为他在《随园食单》中称"做面总以汤多为佳,在碗中望不见面为佳",并大力推销"鳗面":大鳗鱼一条去骨拆肉熬汤,再加鸡汁、火腿汁、蘑菇汁,务求汤头鲜美,一大碗汤面几乎看不见面条。李渔则被封为"倒汤派",因为《闲情偶寄》中有"汤有味而面无味,是人之所重者,不在面而在汤,与未尝食面等也"一段,对重视面汤、忽视面条的做法不以为然,称这和喝汤不吃面没啥区别。李渔努力推荐的是他为家人所做的"五香面"和待客专用的"八珍面",都是在揉面时就加入各种名贵食材和调料,务必使"精粹之物尽在面中",让面条本身就美味无比。

随园不惑之年就辞官,但依旧出入权贵人家,生活优裕,喜欢"宽汤轻面"的吃法理固宜然,只因食不求饱,只为品人间至味,一派富贵气象。笠翁毕竟要为养家糊口劳碌奔波,必须精打细算。他用来和面的食材听起来再高级,食客没见到真材实料,也只能姑妄听之。而且,花这么多功夫洗手做羹汤,亲手揉面,尽管可能标榜为"生活情趣",在时人眼中恐怕有雇佣不起家厨的"穷措大气"吧。

第二章 大师的"吃货哲学"

现代文人的"苏州菜情结"

二十世纪初的文人写到苏州，免不了对那里的饮食文化浓墨重彩，津津乐道。"半里多长的一条古式的石板街道，半部车子也没有，你可以安安稳稳的在街心踱方步。灯光耀耀煌煌的，铜的、布的、黑漆金字的市招，密簇簇地排列在你的头上，一举手便可触到几块。茶食店里的玻璃匣，亮晶晶的在繁灯之下发光，照得匣内的茶食通明的映入行人眼里，似欲伸手招致他们去买几色苏制的糖食带回去。野味店的山鸡野兔，已烹制的，或尚带着皮毛的，都一串一挂的悬在你的眼前——就在你的眼前，那香味直扑到你的鼻上"。这是郑振铎眼中民国时代的苏州商业中心观前街。

俞平伯的曾祖俞樾（号曲园）是一代名人，身兼苏州"紫阳"和杭州"诂经"两处书院的山长（相当于现在的大学院长兼资深教授）。他的父亲由曲园躬亲抚养，是清代的探花郎，翰林院编修。俞平伯本人也是散文大家。然而，三代学人、书香门第出身的他写的游苏州的日记，每篇都离不开吃。每顿早饭、中饭、晚饭，乃至点心礼物买了什么，都一一记载。什么豆腐花、油氽团子、馄饨这类的小吃啦，松鹤楼的虾仁鲫鱼之类的大餐啦，麻饼糯米团之类的土产啦,乃至甘蔗浆、绿豆汤、光明牌冰砖这样的冷饮都要不厌其烦地一一写下来,让人怀疑俞平伯是一个好吃成性的馋痨。

叶圣陶描写苏州的船家,除了烹制小锅小灶、原汁原味的船菜,"还有一种了不得的本领,就是相骂。相骂如果只会防御,不会进攻,那不算希奇。三言两语就完,不会像藤蔓似的纠缠不休,也只能算次等角色。纯是常规的语法,不会应用修辞学上的种种变化,那就即使纠缠不休也没有什么精彩。船家与人家相骂起来,对于这三层都能毫无遗憾,当行出色……在听到他们那些话语的时候,你一定会想,从没有想到话语可以这么说的,然而惟有这么说,才可以包含怨恨、刻毒、傲慢、鄙薄种种成分"。遥想当年船家操着软绵绵的吴侬软语,出口却犀利无比,吵到兴头上,不免还要手舞足蹈,用肢体动作助威。那简直不是吵架,是一帧方言学和民俗学的风情图画了。

苏州食客有福,因为他们不仅能享受美味佳肴,还有老字号的尊严和手艺人的自豪。当年的观前街,据说狭窄得"采芝斋与黄天源两边的伙计可以隔着街心握手",但无处不凸现出店家的文化底蕴。苏州画家尤玉淇在《三生花草梦苏州》(江苏古籍出版社2000年版)中描绘说:"当时观前街的菜馆面店,都是'响堂',先吃后付,店内跑堂的本领真不小,报菜下锅,朗朗上口,既有节奏,又有韵味,结账时候,只要食客走到账桌旁边,跑堂的就在他身后报出应付的钱钞,全凭心算,反应之快,恰似算盘与计算机,而且绝不会算错一笔账目,所以到'观振兴'去吃一碗焖肉面,也是种享受。"

著名报人和小说家包天笑（1876—1973）一生笔耕不辍，从与杨紫麟合译《迦因小传》步入文坛起，著译作品近二百种。他的《钏影楼回忆录》和《钏影楼回忆录续编》动笔于 1949 年，但直到 1971 年才完成出版。一本四十万字，另一本十几万字。前者从作者出生一直写到二十世纪二十年代，以个人的家庭生活和生平经历，反映了中国社会转型期的重大变化。我这个外行读来最感兴味的，是他笔下老苏州的饮食文化。比如，他五岁启蒙，仪式非常隆重。外祖家送来一担礼品：一头放小书箱，里面搁有一部《四书》、一匣方块字，其余文房四宝应有尽有；另一头则是一盘定胜糕和一盘粽子，取"高中"之意。而且粽子包得非常特别，一只是四方形的"印粽"，另两只是细长笔管形的"笔粽"，谐音"必中"，都是善祷善颂的讨喜话。第一天上学，又有母舅身穿礼服，亲自带他去拜先生，即使私塾就在一个大门里，穿过花园就是。放学时，先生还要把他的书包翻转让他带回，这是暗喻他"书包翻身"、读书发迹的未来，讨个吉利。他对故乡食物的精致、民俗的可爱十分自豪，以至于对北京也看不上眼。在他眼里，那里"晴天像香炉，雨天像荷花缸"，饮食也不够精细，当地名点萝卜丝饼、千层糕不过尔尔，比不上苏州的茶食。

陆文夫出生于泰兴，但在苏州生活了一甲子。他擅长描述苏州的饮食文化、小巷生活，被称为"陆苏州"名副其实、出色当行。他的代表作《美食家》把苏州面馆中的独特语汇和氛围写得栩栩如生，让读者无不垂涎三尺。其实他的小说家言也自有所本，例如乡贤朱枫隐的《饕餮家言》。

朱枫隐是苏州吴县人,曾参加1922年七夕由范烟桥、郑逸梅等发起组织的"星社"。十几年间,星社从最初的"三十六天罡"发展为六十八名成员,收罗招致周瘦鹃、包天笑、程小青、程瞻庐等当时的知名作者,一般被认为是"鸳鸯蝴蝶派"的文学社团。不过,据范烟桥回忆,他们当时只是找几个趣味相投的朋友不时聚聚,谈谈说说,写点东西发表,并不一本正经。倒是每次茶会都有"苏州人家的主妇"亲手制作"别出心裁、比市沽不同风味"的点心品尝,让他回味无穷。陆文夫年轻时与范烟桥、周瘦鹃往还,曾一起出入苏州的茶馆、饭店、酒楼,深得前辈美食家指点、教诲。

朱枫隐写到,过去的苏州面馆不卖其他点心,但面条的花色多得让人目不暇接。如,肉面叫"带面",鱼面叫"本色",鸡面则称"壮(肥)鸡"。肉面又分:"五花"(瘦肉),"硬膘"或"大精头"(肥肉),"去皮""蹄胖(膀)"或"爪尖"(纯瘦肉),还有"小肉"(即碎肉,北方人称为"臊子")面,夏天才有。鱼面又分:"肚裆""头尾""头爿""潠(音'豁')水"(作者说是"鱼鬣",即鳍,现在似乎是鱼尾的代称)、"卷菜"等。鱼、肉等佐面之物,总称为"浇头"。双浇者叫"二鲜",三浇者叫"三鲜"。鱼、肉双浇叫"红二鲜",鸡、肉双浇则为"白二鲜"。鳝丝面、白汤面(即青盐肉面)也只有暑天供应,鳝丝面中还有叫"鳝背面"的。

面又分"大面"和"中面",中面比大面价格稍廉,但面条和浇头都比前者少。又有"轻面",那就是面条比大面少而浇头比大面多,但价格不变。大面之中又分"硬面"和"烂面"。没有浇头的面叫"光面",光面又叫"免浇"。冬天吃面,恐怕浇头不热,客人让小二将其放在面底,就叫"底浇"。夏天嫌汤过热,可吃"拌面"。拌面又分"冷拌""热拌""鳝卤拌"和"肉卤拌"。又有"素拌"面,用酱油、麻油和糟油搅拌,清香可口;喜辣者更可加辣油,称为"加辣"。喜欢面条上多放葱的,就要"重青",如不喜用葱,则要求"免青"。二鲜面又叫作"鸳鸯",大面是"大鸳鸯",中面就是"小鸳鸯"。

这些非内行不能领会的"切口"之外,苏人吃面讲究汤清而鲜,面细而"健",浇头精致鲜洁,且四季各有不同的特色。例如,上文提到,夏季才供应小肉面、卤鸭面、鳝丝面、白汤面,以及用卤汁面筋或麻菇为浇头的素面。台大教授逯耀东的父亲民国时期是苏州的父母官,他半个世纪后回顾往事,还对老字号朱鸿兴的"大肉面"念念不忘,可见苏州面的魅力无穷。

饮食虽为小道,也是文化信息的最好载体。现代文人对苏州食物恋恋不舍,其实是因为饮食代表的老苏州宛如熙和一片的乌托邦式乐园。让郑振铎一咏三叹的不在吃食,而是行人的安闲舒适:"你的团团转转都是人,都是无关系的无关心的最驯良的人……这里没有乘机的偷盗,没有诱人入魔窟的'指导者',也没有什么电掣风驰,左冲右撞一切的车子……大家都感到一种的亲切,一种的无损害,一种的无忧无虑的生活,大家都似躲在一个乐园中,在明月之下,绿林之间,优闲的微步着,忘记了园外的一切。"郑振铎用"紧压在你身上的燠暖的情趣"来形容姑苏日常生活的风味,很传神。这种世俗却温暖、平和而安逸的市井文化,可能会被讥为小富则安,不求上进,只适合"风烛残年"的老人和"寓公"居住。然而正是这种小桥流水的江南风情让无数人万里梦回,始终忘不了、放不下。

我们都是被命运驱策的游子。无论走到哪里,无论是杏花春雨还是白马西风,家乡的吃食是永远的牵记。

"异数"陆文夫

2005年,听说陆文夫去世,台大历史教授、食物学者逯耀东评价说"知味者陆文夫"是个"异数"。这是因为,陆氏一不是苏州土著,二非膏粱子弟,似乎先天"素养"不足,后天财力有限,却以描写苏州美食享誉海内外,被尊为"陆苏州",实在出人意外。

陆氏对他被封"美食家"一事也认为是"拔高"。他说,要成为美食家,需要好几个条件:财富,机遇,敏锐的味觉,懂得烹调原理,善于营造氛围的手段等。反观自己,出生于江苏泰兴农村,自认是来自苏北的苦孩子。对苏州这个"人间天堂"里的风景人事,他崇拜爱恋有之,却谈不上有多么深厚的文化素养。特别是关于姑苏饮食,他的知识多半得益于二十世纪五六十年代和"鸳鸯蝴蝶派"小说家的交往。

陆老在苏州生活了一甲子,不仅深得此地人情风物的耳濡目染,而且勇于钻研、勤于笔耕,他的自我评价是过谦了。不过,他和苏州这个城市,特别是姑苏食事的复杂关系,却值得后人细加探究。

在陆文夫的笔下,苏州食物首先是繁荣富足、生活幸福的象征。提到在泰兴的童年,他把在长江边上耕田、捕鱼的生活写得充满诗情画意，但也强调了那里的衣食不周。例如，他随同塾师躲避日军，在乡间落户时感受的强烈饥饿；家中客至，母亲得溜出后门去邻家借几个鸡蛋招待来人的窘困。苏州则不仅有秀丽的风景让他陶醉、各色的吃食让他目眩，就是最朴实的白米饭也让他回味无穷，多年后还念念不忘深巷里小贩叫卖白米的声音。

也正因如此，他中学时代目睹"天堂里的地狱"，看到社会不平等、穷人三餐不继、富人穷奢极侈时，才义愤填膺，毅然渡江参军，加入中国共产党的事业中。他的社会理想中包含有"拯救苏州"的英雄情结，但能以"农村包围城市"，成为天堂里的"领导阶级"，对他的农家子出身未必不是一种救赎。

苏州美食当然更是中国传统文化的结晶，是优雅生活方式的象征。陆文夫和周瘦鹃、范烟桥、程小青这些当年闻名上海滩的苏州文人私交很好。五六十年代，同为中国作家协会华东分会的成员，他经常跟着老前辈在苏州各大饭馆"吃厨师"，即，由美食家周瘦鹃指定某大厨，约定时间去吃他的拿手时鲜菜。每吃一次，大厨都要准备好几天，陆文夫也因此领会到苏帮菜的精致微妙之处。这些旧式文人民国时期不仅以言情小说出名，还深谙"生活的艺术"，在报纸杂志上发表过不少关于苏州美食和休闲艺术的文字。周瘦鹃就不但会吃，还是莳花种草、构建盆景的专家，又是收藏古董的高手。陆文夫跟着他们学到了不少姑苏文化的真本事。

但是，就像他在《美食家》和《姑苏菜艺》等文中提到的那样，苏帮菜的真谛是家常菜和高档菜和谐共存，华朴相济，只要搭配妥当、节奏合适，人人都能享用。文学又何尝不能同时达到有意思和有意义的境界呢？即使是陆文夫本人的复杂文化传承——对乡村生活的记忆，对社会主义理想的追寻和对传统文化的吸收，也只能说是"食材"丰富多彩，足以为他的文学创造加色添香。

陆文夫在苏帮菜的烹饪方面可不是"光说不练假把式"。1995年他让女儿在苏州十全街开张"老苏州茶酒楼"，并亲撰广告："小店一爿，呒啥花头。无豪华装修，有姑苏风情；无高级桌椅，有文化氛围。"当初酒楼还有楹联"一见如故酒当茶，天涯来客茶当酒"，呼应"茶、酒"二字。时隔二十年，店门口一丈多长的银杏木大招牌还在，笔迹出自章太炎关门弟子、书法家杨在侯之手，但对联已不见了。

饭店为三层小楼，门面只有两开间，临街的玻璃窗上用红字标记"正宗苏帮菜"八个字样和订餐电话，无大酒店的豪华气派，却有邻家小店的亲切。进门左手是柜台，右手是玻璃鱼缸，几十条金红色小鱼在水里游弋。一楼大堂有十来张木桌，除了三张圆桌可坐五六人，其余都是四人小方桌，适合小家庭或二三知己小聚。二、三楼有包厢，名字都取自传统评弹剧目：《双珠凤》《长生殿》《珍珠塔》等。

我们一行三人在小桌旁坐下，服务员热情招呼，送上茶水和菜单。店堂装修朴素，菜单却漂亮，棕色皮套，厚厚一本，首页就介绍陆文夫和饭店的渊源。这位以小说《美食家》驰名中外的作者当年创办老苏州宏文有限公司，开饭店，起因是他主编的《苏州杂志》（杂志原址在饭店后小巷中的叶圣陶故居内）经费不足。当然，他更希望把茶酒楼办成"可吃的《苏州杂志》"，在实践中弘扬传统美食文化，体现他的美食理念：吃氛围，吃文化，吃境界。

菜单上列出的虽多为老式菜，但用料讲究，口味地道，符合苏帮菜食材新鲜、烹饪精细的传统。其中的手剥虾仁一味，陆文夫聘请苏帮菜特级厨师毕建民时就提出，决不用冷冻虾仁，一定要新鲜河虾，手工剥壳，上浆时加足盐，保证这道菜外形好看又咸淡适宜。

我们点了手剥虾仁、田螺塞肉、蜜汁酱方、豆腐花四个招牌菜和凉拌马兰头一碟。田螺塞肉将螺肉和猪肉一起斩碎，加作料拌匀，重新塞入螺壳，然后加酱油、糖、料酒等同煮，吃起来要用牙签或筷子挑出内容，不好此道者可能会觉得粘手狼狈，但喜欢的会觉得浓油赤酱、淋漓酣畅。

豆腐花放在小陶瓮中，上覆木盖，下垫分装榨菜、紫菜、香菜和虾皮的四格白瓷小碟，附带一壶酱油。服务员说，要等豆腐花凝结。三五分钟后开盖，起初只见白色豆浆翻滚，上浮细碎泡沫，用长柄勺搅拌一下，才看到下面的豆腐块。吃时将豆腐盛入小碗，加酱油和配料搅匀。入口滑嫩，清淡鲜香，家常菜也不同凡响。

手剥虾仁端上来是白里透红的一碟，小而圆润，又鲜又嫩，果真是现剥的河虾仁。父母最喜欢蜜汁酱方。一方带皮猪肉，红亮多汁，四周铺开的鲜绿青菜浸泡在肉汁中。表皮已划好小方块，挑开肉皮，肥瘦肉水乳交融，酥烂入味。这是老式菜，吃起来"油汪汪""甜咪咪"，但甜中出鲜，不硬不柴，很受老年人喜爱。

饭店菜色真材实料，价位合理。虽是周一中午，大堂内座无虚席。不少人看着像附近的居民，着装家常，交流随意。有两位老年妇女只叫了一个砂锅鱼头，相对坐下，边吃边聊，吃不完就倒进随身带来的保温瓶提回家。

我不由想到周作人笔下、抗战胜利后苏州的吴苑茶室："茶食精洁，布置简易，没有洋派气味……而吃茶的人那么多，有的像是祖母老太太，带领家人妇子，围着方桌，悠悠的享用，看了很有意思"。老苏州茶酒楼的装修、菜品和顾客，令人发思古之幽情。在快节奏的当代社会，我却感受到小巷深处、柴米油盐中家常的优雅，朴素的幸福。

汪曾祺与"名士菜"

在《食道旧寻》中,汪曾祺说:"学人所做的菜很难说有什么特点,但大都存本味,去增饰,不勾浓芡,少用明油,比较清淡,和馆子菜不同。北京菜有所谓'宫廷菜'(如仿膳)、'官府菜'(如谭家菜、'潘鱼'),学人做的菜该叫个什么菜呢?叫作'学人菜',不大好听,我想为之拟一名目,曰'名士菜'。"这是夫子自道。汪老本人既是学人,也是名士,他对食物的态度,也总有点"名士气"。

说到名士,大家可能会马上联想到蓬头垢面,不修边幅,使酒骂座,佯狂卖傻,脾气坏,架子大等负面形象。或者就是闻一多教《楚辞》时说的,"痛饮酒,多读《离骚》"的山寨名士。相比之下,汪曾祺出身高邮大家,祖父中过拔贡,父亲琴棋书画无所不精,家里曾经有过千亩土地、两百间屋子、几家布店和中药店,他从小受过良好的古典教育。他的一生却也颇坎坷。少年适逢战乱,青年颠沛流离,谋生无计。"文革"中他沉浮不定,创作生涯被打断,直到花甲之年才重返文坛。不过,汪曾祺坚信人生总有希望,文学作品要给人温暖,所以对自己经历过的苦难和艰辛轻描淡写,倒是对人性的闪光之处情有独钟。

这样一个善良温厚的长者，怎么能和名士相提并论呢？其实，汪老也有过"年少轻狂"的岁月。他的儿女们回忆，母亲说在西南联大读书时的汪曾祺，一袭长衫，一双布鞋，身形佝偻，"土得掉渣"。但他才华横溢，一篇为人捉刀的读书笔记，品鉴李贺，文采斐然，被闻一多评为"比汪曾祺写得还好"。邓友梅描绘解放初的汪曾祺，不到而立，头发蓬乱，暮气沉沉，引来领导开会时不点名的批评，认为他缺乏生气勃勃的"革命热情"。

汪老对什么是"好文学"见解独立，始终不渝。担任《民间文学》主编时，他别具慧眼，发现陈登科来稿错字下埋藏的"金子"，又敢冒天下之大不韪，对不佳作品不留情面，宁可得罪上级。他欣赏的是沈从文作品那样"贴到人物写"的小说，而不是"聪明脑壳打架"之作，讲求情节真实具体，文笔朴实洗练。他对某些时髦作家、作品"不买账"，私下评论某当红作家"他也算小说家"，还对发明"抒情散文"的杨朔、刘白羽不以为然，认定他俩是用"感伤主义谋杀散文"的罪人。这种深藏在骨子里的傲气和狂气，让他老年时自我评价曰："我做不成大家，最多只能当个名家。"但他"狂妄"的根基，除了才华，更是率真的个性和对信仰的坚持。汪曾祺反对"政治挂帅""主题先行"，小说只写自己熟悉的人物、事件和场景，常以自己的生活经历没有更丰富一些为憾。

他的"名士派"在"吃食文"中表现得最突出，最有风味。汪老写得最多的食物有三：故乡高邮、西南联大时期的昆明和他下放的张家口一带的吃食。他的笔下，素多荤少，小菜多，大餐少，野菜、豆腐、苦瓜、蚕豆皆可入篇。但他写普通吃食也引经据典，津津乐道地探究有关的诗文古籍、闲话轶事。酱菜、咸蛋、炒米等"故乡的食物"带来的"蛊惑"，更让他在食材不足时苦心孤诣，用北京的百叶加干贝成功炮制出淮扬名菜"煮干丝"。

（一）人间有味是清欢

二十世纪四十年代，汪曾祺还是年轻人的时候，曾在云南昆明的西南联大读书。抗战烽火之中，民族危亡之际，有这么一所流亡大学，会聚当年各学科鼎鼎大名的精英教授和莘莘学子，留一点读书的种子，存中华文化之一脉，也是我们后人的福气。汪曾祺并不是个太用功的学生，朱自清的"现代文学"课程他常常缺席，惹得老先生大为光火。不过沈从文非常赏识他，曾说他教的"写作"课程汪曾祺可以直接免修拿优。而汪曾祺，也对沈氏提出的对生活要"温爱"，而不是"热爱"的说法大为赞同。这样一种对平淡人生的细致品味，对人情百态的悲悯与享受，正是汪曾祺文字的独特魅力所在。

汪曾祺的文鲜有从头至尾完全不涉及食物的。但他的美食文中，最动人的是有关他故乡的回忆。比如他的成名作《受戒》，描写了一个叫明子的小和尚与一个叫小英子的小姑娘的青梅竹马的情意。文中有这样一段：

"秋天过去了，地净场光，荸荠的叶子枯了，——荸荠的笔直的小葱一样的圆叶子里是一格一格的，用手一捋，哗哗地响，小英子最爱捋着玩，——荸荠藏在烂泥里。赤了脚，在凉浸浸滑溜溜的泥里踩着，——哎，一个硬疙瘩！伸手下去，一个红紫红紫的荸荠。

她自己爱干这活,还拉了明子一起去。她老是故意用自己的光脚去踩明子的脚。"

文中写的是平凡琐碎的细节,谈到的食物也没什么出奇,可是衬着朴素的民俗风情,真切的人物素描,一股轻灵流动的文气扑面而来。其中叠音字和象声词的运用,长句短句的交叉,以及对方言词和文言结构的灵活调度,更是让人如闻天籁之音。

又比如,汪曾祺在《三姊妹出嫁》中写了靠一副"馄饨担子"养大了三个女儿的秦老吉。作者笔下生花,写出来真是美食美器:

"这副担子非常特别。一头是一个木柜,上面有七八个扁扁的抽屉;一头是安放在柜里的烧松柴的小缸灶,上面支一口紫铜浅锅。铜锅分两格,一格是骨头汤,一格是下馄饨的清水。扁担不是套在两头的柜子上,而是打的时候就安在柜子上,和两个柜子成一体。扁担不是直的,是弯的,像一个罗锅桥。这副担子是楠木的,雕着花,细巧玲珑,很好看。这好像是《东京梦华录》时期的东西,李嵩笔下画出的玩意儿。秦老吉老远地来了。他挑的不像是馄饨担子,倒好像挑着一件什么文物。"

"别人卖的馄饨只有一种,葱花水打猪肉馅。他的馄饨除了猪肉馅的,还有鸡肉馅的,螃蟹馅的,最讲究的是荠菜冬笋肉末馅的,——这种肉馅不是用刀刃而是用刀背剁的!作料也特别齐全,除了酱油,醋,还有花椒油,辣椒油,虾皮,紫菜,葱末,蒜泥,韭花,芹菜和本地人一般不吃的芫荽。馄饨分别放在几个抽屉里。作料敞放在外面,任凭顾客各按口味调配。"

"他的器皿用具也特别清洁——他有一个拌馅用的深口大盆,

是雍正青花!"

在这样的担子上吃馄饨,我们品味的不光是美食,更是文化、历史,细微却真实,还有与我们息息相通、血肉相连的人生了。

(二)寂寞和温暖

《寂寞和温暖》是汪曾祺一篇小说的名字,用来形容汪氏美文的意境,虽不中,亦不远矣。汪曾祺写食物,很少有山珍海味、稀奇古怪的东西,因为他更偏重的是小人物的成败得失、喜怒哀乐。即使是引车卖浆之流,汪曾祺也能写出他们的甘苦和尊严。再困顿苦难的境遇,汪曾祺也能写得充满诗意和美感。

《鉴赏家》中写了一个走街串巷卖水果的叶三,出身平平,学识平平,却是大画家季匐民唯一认可接纳的"鉴赏家",只因为他诚信忠厚,不附庸风雅,一喜一憎无不发自内心。叶三卖什么?

"立春前后,卖青萝卜。'棒打萝卜',摔在地下就裂开了。杏子,桃子下来时卖鸡蛋大的香白杏,白得像一团雪,只嘴儿以下有一根红线的'一线红'蜜桃。再下来是樱桃,红的像珊瑚,白的像玛瑙。端午前后,枇杷。夏天卖瓜。七八月卖河鲜:鲜菱,鸡头,莲蓬,花下藕。卖马牙枣,卖葡萄。重阳近了,卖梨:河间府的鸭梨,莱阳的半斤酥,还有一种叫作'黄金坠子'的香气扑人个儿不大的甜梨。菊花开过了,卖金橘,卖蒂部起脐子的福州蜜橘。入冬以后,卖栗子,卖山药(粗如小儿臂),卖百合(大如拳),卖碧绿生鲜的檀香橄榄。"

貌似简单的一张单子,说尽了丰美乡土,四时风光,无穷美食。而那个走遍四乡八镇,搜罗当时当令水果的叶三,不啻为与天地同行止,和万物共生灭,饮风吸露的地仙一流人物。

比起"醉卧美人膝,醒掌天下权"的帝王霸主,小人物当然得面对更多的无奈和卑微。《异秉》说的就是这么一个泪中带笑的故事。街上卖"熏烧"的王二"发达"了,听说书的时间多了,推起牌九来更是手中有钱,心中不慌。他还新租了店面,平常卖的卤味品种也增加了:

"即以熏烧而论,除了原有的回卤豆腐干,牛肉,猪头肉,蒲包肉之外……入冬以后,他就挂起一个长条形的玻璃镜框,里面用大红蜡笺写了泥金字:即日起新添美味羊羔五香兔肉。这地方没有人自己家里做羊肉的,都是从熏烧摊上买。只有一种吃法:带皮白煮,冻实,切片,加青蒜,辣椒糊,还有一把必不可少的胡萝卜丝(据说这是最能解膻气的)。酱油,醋,买回来自己加。兔肉,也像牛肉似的加盐和五香煮,染了通红的红曲。"

于是,药材铺的伙计,卖活鱼的疤脸(外号"巴颜喀拉山"),给人熬鸦片的,收房租的,对门酱菜店的食客等等都好奇他有何"异秉"?因为古往今来,"必有非常之人,乃成非常之事,就是市井之人,凡有走了一步好运的,也莫不有与众不同之处"。王二想了半天,回答说:"我呀,有那么一点:大小解分清。我解手时,总是先解小手,后解大手。"那天晚上,厕所里忽然多了几位打破日常生活习惯,耐心蹲坑的人,不知是为了发现还是培养自己的"异秉"。

能写出粗茶淡饭背后的一颦一笑,一饮一啄,汪曾祺一定是有着博大爱心的人吧,我常常这样想。生活不是不艰辛,可是唯有汪氏能将寂寞中的温暖写得如斯出神入化。

（三）我心安处

汪曾祺老家苏北高邮，曾经津津乐道地写过故乡的咸鸭蛋和其他菜肴。可是汪氏自己少小离家，二十来岁时流离颠沛，寄居昆明的西南联大以外，他也在上海住过，"文革"时期下放到张家口的农学研究所，最后终老于北京。在他的笔下，每个不同的地域都代表了他人生的一段历程，而每个生命的瞬间都可以用不同的食物来标记。

他对西南联大时期的回忆围绕着山间的野菜菌菇、街头叫卖的玉米粑粑和"椒盐饼子西洋糕"，描绘的是民生困苦但"胃口却像刀子一样"的青年时代。然而，写吃即写人，不光是沈从文、金岳霖、林徽因这样的大腕人物在文中若隐若现，就是洗衣服捡破烂的小人物也无一不是栩栩如生。《日晷》写的是一位埋头苦读的青年学子蔡德惠，吃不饱穿不暖，但自己动手做了一个古朴的日晷，"一半是为了看时间，一半也是为了好玩，增加一点生活上的情趣"。众人都觉得"这个现代古物和一个心如古井的青年学者，倒是十分相称的"。然而，因为肺结核，因为营养不良，他死了。他的教授高崇礼，平时靠太太种剑兰拿到市场上卖才能让全家吃上肉，这天听到了他的死讯，"气锅盖噗噗地响，气锅鸡里加了宣威火腿，喷香！高崇礼忽然想起，蔡德惠要是每天喝一碗鸡汤，他也许不会死！这一天晚上的气锅鸡他一块也没吃"。这个结尾总让我想起孔子听说子路的死讯后撤掉桌上的肉糜那一幕。可是，这篇小说的更深一层不光是描摹师生情意，更是彰显在那个战火纷飞的离乱年代，食物是何等生死攸关的大事。

《鸡毛》里头写到的则是西南联大一个外号叫"二十年目睹之怪现状"的学生,"其特异处有以下几点:一是他所有的东西都挂着;二是从来不买纸;三是每天吃一块肉"。"他按期买了猪肉,切成大小相等的方块,借了文嫂(联大为师生洗衣服糊口的贫妇)的鼎罐(他借用了鼎罐,都是洗都不洗就还给人家了),在学校茶水炉上炖熟了,密封在一个有盖的瓷坛里。每夜用完了功,就打开坛盖,用一只一头削尖了的筷子,瞅准了,扎出一块,闭目而食之。然后,躺在丁丁当当的什物之下,酣然睡去。"可是这个学生,竟然偷偷吃了洗衣妇文嫂辛辛苦苦养大的鸡,偷食不说,而且用文嫂的鼎罐煮,吃完了还是洗也不洗就还回去。正如作者喟叹的:"林子大了,什么鸟都有。"

如果说汪曾祺西南联大时期关于食物的文字总是和饥饿的感觉难解难分,那么他笔下北京和上海的吃食就有难以磨灭的京派和海派生活的印记了。《晚饭后的故事》写一个京剧演员因为"参加革命"发迹了,娶了一个高官做太太,自己也青云直上,生活"是平稳的,柔软的,滑润的,像一块奶油",可是抹不去的是他的草根口味。他的晚饭还是"就着一碟猪耳朵喝了二两酒,咬着一条顶花带刺的黄瓜吃了半斤过了凉水的麻酱面",他怀念的还是贫民时代"放了好些牛肉,加了半勺油"的炒疙瘩和"油汪汪的蛋炒饭"。

至于上海滩上的时髦人,虽然也跳交谊舞,喝"中西合璧的鸡尾酒"——十几瓶汽水,十几瓶可口可乐,兑上一点白酒,可是真吃起来并不总是那么摩登斯文。除了老城隍庙的油氽鱿鱼、鸡鸭血汤这些平民小吃，《星期天》里还描写了一位食量极豪的上海教师："他一辈子不吃任何蔬菜。他每天的中午饭都是由他的弟弟（他的弟弟在这个学校读书）用一个三层的提梁饭盒从家里给他送来（晚饭他回家吃）。菜，大都是红烧肉，煎带鱼，荷包蛋，香肠……每顿他都吃得一点不剩。因此，他长得像一个牛犊子，呼吸粗短，举动稍欠灵活。他当然有一对金鱼眼睛。"

可是最耐人寻味的是《星期天》无关食物的结尾："在沉重的生活负担下仍然完好的抒情气质，端庄的仪表下面隐藏着的对诗意的，浪漫主义的幸福的热情的，甚至有些野性的向往。"我总疑心这是夫子自道，汪曾祺写食物，写故乡，写回忆，何尝不是在写他本人对平淡生活中诗意和美丽的追求呢？汪氏的安身立命处，不在故乡的食物，终究还是在寄托心绪的文字啊。说到底，汪曾祺心目中的"名士菜"展示的是文人的知识素养，是名士对日常情趣的品味欣赏，更是学者对真理的探索追求。性灵独得，不守窠臼；思想独立，学术自由，不正与明清、民国以来的名士风范一脉传承吗？

周氏兄弟的口味

鲁迅（周树人）和周作人，同为中国现代文学史上的大学问家、大作家和青年导师，少年青年时代手足情深，后来却兄弟阋墙，闹得后半生老死不相往来。我对周氏兄弟的文字都是很佩服的。鲁迅擅长写"匕首投枪"式的小品文，辛辣尖锐，一针见血，高明之至。周作人的"冲淡"之作，没有深厚的学问打底，没有清晰思辨的头脑和见识，也根本写不出来。两人文中意境的对比总让我想到一个词：岳峙渊渟。鲁迅的高超识见、敏锐眼光固然成就中国现代文学中的一道绚丽风景，周作人的浑厚广博、耐人咀嚼又何尝逊色？

此文无意推究兄弟两人的过往恩怨，也非评判他俩文品、人品的高下好坏。倒是希望通过从二人与食物的关系入手，呈现人性的复杂。

（一）鲁迅酷爱甜食

鲁迅爱抽烟、爱喝酒，众所周知。无论写作、休息还是待客，他抽烟一支未灭又接一支，根本不需要火柴。哪怕自己不吸烟，客人离开他家时衣衫也带烟味。鲁迅拿烟有一个特别姿势：大拇指和其余四指半握，把烟卷攥在掌中，以后他右手拿烟、仰面思索的侧影更成为雕塑家、木刻家们的最爱。鲁迅酒量不大,但兴之所至,常要抿二两老酒。他约朋友到饭店吃饭,每次必喝酒,有时还不醉不归。他和郁达夫一起喝过白干、黄酒、五加皮、白玫瑰、啤酒、白兰地,不过总喝得不多。

但我觉得最有趣的是鲁迅爱吃零食,特别是甜食。他从小爱吃糖,少年时代在南京读书,他自奉简薄,每以辣椒拌饭,但也曾卖掉作文竞赛得来的"金牌",请同学上茶馆吃点心。他还特地去下关买玻璃瓶装、价值不菲、水果糖风味的进口"摩尔登糖"吃。在日本留学时,鲁迅爱吃花生,常用花生待客,每天都要用大张报纸收拾了果壳清理出去。可经济宽裕一点,他就会买甜美的细点,如日本著名的"羊羹",一种小块茶点,"用小豆做成细馅,加糖精制而成,理应叫'豆沙糖'才是正办"。回国后,他还托人从日本漂洋过海寄来羊羹,和同事分食。他也爱日式的栗子粉小馒头。某次还特地买了一种名叫"乌勃利"的法式点心,打开一看,就是煎蛋卷,法文叫"le biscuit roulé"。

鲁迅爱吃甜甜的水果。他饭后出去喝茶,喝完茶又"步至杨家园子买葡萄,即在棚下啖之"。有时,他"夜作书两通,啖梨三枚,甚甘"。有次上街买日本产的青森苹果,遇到日本朋友"强赠一筐",他也高兴地携归大吃。

有朋友从河南来,送鲁迅一包方糖。他打开一尝,"又凉又细腻,确是好东西"。许广平告诉他这是河南名产,用柿霜制成,性凉,如果嘴上生小疮,一搽便好。他连忙"将所余收起,预备嘴上生疮的时候,好用这来搽"。可是这美味鲁迅总念念不忘,想得夜里都睡不着，爬起来吃掉大半，还自我安慰：反正嘴上生疮的机会少，不如趁着柿霜方糖新鲜时享受一番。因为爱吃糖，鲁迅一直被牙痛困扰。到1930年，他将余下仅有的五颗牙齿拔掉，换成了全口假牙。

有客人来访，鲁迅一定要请吃点心。一开始他对男客、女客一视同仁。但男客战斗力太强，经常把家里的存货扫荡一空。鲁迅于是改变策略，改用花生代替点心招待男客，看准了坚果顶饥，他们吃不多。而对女客他依旧采用点心政策，因"她们的胃似乎比他们要小五分之四，或者消化力要弱到十分之八"。

比起周作人，鲁迅没有那么多专门研究饮馔吃食的文字，但他对自己的零食经历详加记载，津津乐道。在《零食》一文中他说零食的功效"是在消闲之中，得养生之益，而且味道好"，更为个人嗜好找到了理论依据。据说口味往往反映个人性格，如嗜咸者强硬，嗜辣者刚烈，嗜酸者机变等。爱甜食的鲁迅也许与人们心目中"骨头最硬"、金刚怒目的革命家形象迥然相异。但他对零食的小盘算、小计较和小偏嗜，正应了张岱说的"人无癖不可与交，以其无深情也；人无痴不可与交，以其无真气也"，倒让人觉得可爱可亲。

（二）周作人的故乡食物

"我的故乡不止一个，凡我住过的地方都是故乡。故乡对于我并没有什么特别的情分，只因钓于斯游于斯的关系，朝夕会面，遂成相识，正如乡村里的邻舍一样，虽然不是亲属，别后有时也要想念到他。我在浙东住过十几年，南京东京都住过六年，这都是我的故乡，现在住在北京，于是北京就成了我的家乡了。"作为乡土文学的代表作,周作人的散文《故乡的野菜》却以对"故乡"的否定作为开场白,出人意外。

周作人在绍兴出生,十几岁时到南京的江南水师学堂读书,然后去日本东京留学,回国后在北京大学任教,离开故乡的时间远超"钓于斯游于斯"的岁月。但他偏又对故乡的风物"喋喋不休",多次提到绍兴的野菜、水果、水产、糕点,从二十世纪二十年代一直写到六十年代生命最后的时光。据他说,这是因为绍兴实在没有别的佳处值得一提:气候不好,夏天热煞,冬天没有取暖设备又冻煞;风景虽美,但和江南其他地方比也寻常。所以,他只好着重谈谈故乡的农产品和吃食了。

其实,周作人多写故乡的食物,是出于文化、政治和个人方面的多种考虑。他晚年写点无关痛痒的饮食文字发表部分是出于无奈。但黄子平说,现代文人笔下的故乡食物总和他们的童年生活密不可分。叶圣陶、梁实秋、汪曾祺等以味觉记忆寄托乡土之思,实际也是用独特的感知经验建构自己的独特个体。对周作人来说,故乡的食物更是传播独特文化精神的工具。

周氏对吃食津津乐道,首先是因为普通人的生活都是由柴米油盐的琐碎细节组成,"看一地方的生活特色,食品很是重要,不但是日常饭粥,即点心以至闲食,亦均有意义"。他自认做的是记录民间历史、保留中国文化传统的重大任务。而且,周作人又特别重视生活的艺术,或者说,文化"趣味"。"我很看重趣味,以为这是美也是善,而没趣味乃是一件大坏事。这所谓趣味里包含着好些东西,如雅,拙,朴,涩,重厚,清朗,通达,中庸,有别择等",

最反对"大俗若雅","似是而非的没趣味,或曰假趣味,恶趣味,低级趣味"。

他向往"安闲而丰腴"的古典文化,批评现代中国的"干燥粗鄙"。他在北京居住多年,依旧抱怨当地缺乏江南的精致茶食,并且辩解说,这不是因为馋痨发作,而是"我们于日用必需的东西以外,必须还有一点无用的游戏与享乐,生活才觉得有意思。我们看夕阳,看秋荷,看花,听雨,闻香,喝不求解渴的酒,吃不求饱的点心,都是生活上必要的——虽然是无用的装点,而且是愈精炼愈好"。

但他的"趣味",也要求人各异面,保持自己的真率、生气,所以他对带"野气"的食物大为青睐。他推崇绍兴乡间的烧鹅、冷饭、腌菜,说"咬得菜根则百事可做"是因为"第一可以食贫,第二可以习苦",但更重要的是那些"清淡的滋味"代表了他的美学理想:优雅、朴素,正如他沉溺其间的苦茶和日本茶食。

周作人留日的经历对他的一生产生了无法估量的深远影响。从他个人的婚姻家庭来说,这无疑是一桩幸事,因为他娶了一位日本太太,两人生儿育女,白头到老,周作人老来最念念不忘的是太太临死说的是"绍兴话"而非日文。我觉得最有意思的是周作人如何用文字处理他的故乡、故国和日本之间的关系。

周作人对日本可以说是一见钟情。他青年时代留日的最初印象便是日本民族在生活上"爱好天然,崇尚简素",而且自称这个印象以后五十年都没有改变。为什么呢?因为他看到寄宿地方的"下女"赤着一双天足,在屋里走来走去。据他本人说,当时的留日学生因为反清，大半喜欢在日本寻找清朝以前，特别是宋元之前的汉文化遗韵。鲁迅在《藤野先生》中提到明代移民朱舜水在日本的故居，似乎就有这么点意思。周作人更进一步，虽然他在具体生活习惯上对和风称赏备至，却还时时不忘在汉文化传统中寻找对应的线索。他赞美日本女人的赤足，不但引用李白的《浣纱石上女》"两足白如霜，不着鸦头袜"，还引用清同治年间张汝南的《江南好词》中描绘的"大脚仙"，即不缠足、在街上赤足健步的江南劳动妇女，来说明中国有过这种"很健全很美"的事，只是现在已难以见到了。

看到他同时代的留日中国学生对日本饮食"大惊小怪"，惊恨它的"清淡，枯槁，没有油水"，周作人又要说起故乡绍兴民生艰苦，多吃腌菜咸鱼，所以和日式饭食倒是不谋而合。总之，周作人好像是要辩解自己对日本文化的赞美是因为这些隐含中国古代和乡土文化中的正面因素，现在是被清朝或者是现代文明压抑和污染了，因此他才"礼失而求诸野"。这有类于西方后殖民主义研究中说过的，欧洲殖民者称亚非拉民族为"高贵的野蛮人"的说法。因为周作人其实也是用类似的角度和目光，把自己对本民族的文化理想投射到异族身上，希望自己对本土文化的失望能在异国传统中能得到补偿。

周作人对日本文化能有这样的幻想，也起源于一种文化"精粹主义"的倾向，即他认为东西文化、古代和现代文化从根本上截然不同，不可调和，而且对西方现代文明对东亚的影响深为担忧。他本人说到他对于日本文化有某种"宿命观"："我相信日本到底是东亚或是亚细亚的，他不肯安心做一个东亚人，第一次明治维新，竭力挣扎学德国，第二次昭和战败，又学美国，这都于他自己没有好处，反给亚细亚带来了许多灾难。"他十分赞同永井荷风所著的《江户艺术论》中对日本西化的看法，认为日本都市化的步伐打破了"东洋"的梦幻美。

周作人在五四时期反对儒家思想，提倡人文主义，致力于介绍西方现代思潮的知识分子，他对保持日本传统文化的渴望似乎与此矛盾。然而，从另一个角度来看，这两者名异实同。周作人自称自己的性格有"绅士鬼"和"流氓鬼"的两面性，即，既有维护现有制度和"体面"的习惯又有"捣乱"和革命的冲动，然而他"反对过去的封建礼教"，提倡"人情物理"的自然化却是一以贯之、始终不渝的思想。而日本未受西化"污染"以前的"清洁，洒脱，有礼"的文化习俗，在周作人眼里正是提供了这样一种健康自然的范本。周作人甚至声明，只要自然，哪怕是动物性的习俗也是值得赞美的，因为他同意尼采的说法：要做健全的人，先要做健全的动物。

从这里我们不光可以看出周作人的"革命性"并不彻底，也可以察觉他对日本文化的幻想，特别是对于中日文化"同根同源"以及日本文化凸现他对中国文化理想的坚信，其实酿成了日后的祸端。周作人当然愤慨日本政府操纵的《顺天时报》在十九世纪二三十年代对中国的报道"岂有此理"，颠倒黑白。对于日本军国化的种种现象，他也无法从赞美礼拜的日本文化传统中找到解释，只能模模糊糊地说是日本人的"宗教性"造成他们缺乏中国人对宗教的功利而又理性的态度，以至于狂热崇拜武力、破坏和平。日本是和周作人对青年时代的美好回忆紧密联系在一起的，日本又是他的妻族所自，别有情分。然而他对于日本文化的美梦，最终不免被严酷的政治毁坏得面目全非，一塌糊涂。在以后最需要政治眼光的时候，周作人对日本文化的美丽幻想终于导致了悲惨的结局。

读到当年围绕周作人去不去大后方、任不任伪职展开讨论的种种曲折经过，我总不免为之扼腕。然而我又常想，鲁迅必不会如此。看看杨杏佛遇刺后鲁迅的表现，就可以知道他始终是宁折不弯的硬脾气。也无怪乎周建人要说这位二哥"自小性情和顺，不固执己见，很好相处，但他似乎既不能明辨是非，又无力摆脱控制和掌握"，一句话，软弱而有时近于"昏聩"（鲁迅的评价）。

回顾往事，周氏昆仲的经历似乎暗合了"刚不可久，柔不可守"的八字真言。哥哥爱甜食，"重口味"，弟弟推崇"清淡自然"，以"食苦"自诩。两人的为人处事一个浓烈，一个平淡，可见从饮食偏好上见微知著，也能照见个性差异。至于个人结局如何，身处历史剧烈变动的大时代，至少有一半取决于不可知、不可控因素吧。

"吃主儿"父子

"人的口味往往是爱吃而又未能吃够的东西最好吃",这是王世襄在《春菇秋蕈总关情》中有关吃食的经典之论。作为一个既会吃又会做的美食家,他曾在汪曾祺的散文《美食寻旧》中出场,有自带食材、作料和大圆桌上门给朋友做菜的传奇。当然,他后来辟谣说,自己不是梨园武生,带桌子一事纯属夸张。

王世襄(1914—2009)是著名学者、文物鉴赏家和收藏家,曾享受国务院特殊津贴,以学问广博名满天下。他出身世家名门,祖父王庆云在清代官至总督,伯父王仁堪为光绪三年(1877年)丁丑科状元,父亲王继毕业于上海南洋学堂,赴法留学读法政专业,曾任张之洞幕僚以及民国政府外交部政务司司长。母亲金章是著名画家,花卉翎毛无所不工,尤精鱼藻。但他从小接受西方教育,跟美国人上英文课,后来又从教会学校燕京大学本科和硕士毕业。

王世襄家学渊源,学贯中西,文物鉴赏与收藏之外,在家具、漆器、竹刻、工艺、书画、雕塑、乐舞等领域成果斐然。他又号称"京城第一玩家",对熬鹰、练狗、斗蟋蟀、养鸽子、种葫芦等休闲活动亲力亲为,别有会心。俗话说,三世做官,方懂穿衣吃饭。

王老对做饭吃饭这种生活的艺术也颇有心得。在他晚年出版的《锦灰堆》《二堆》《三堆》《不成堆》等著述中，饮食之道虽只占了很小的一部分，但自出机杼，识见不凡。

锦灰堆，又名"八破图"，起于明代，起初是画家成画后用剩余笔墨对书房一角随意勾勒的游戏之作。它要求图中所描绘的杂物呈现破、旧、污、虫蛀、火烧、撕裂状，但都有出处和依据。画家要糅合工笔、写意，中国和西洋画的各种画法，并模仿真、草、篆、隶、印刷体等各种字体，还要做到布局形散而神不散，描绘对象逼真。这种艺术讲求描摹重叠交错、面貌破烂的小实物，像从灰堆里拾到的，故而得名"锦灰堆"。

王世襄的美食文，也大有锦灰堆兼容并蓄、博中见雅、耐人寻味的风味。他有时通过美食忆往，描摹民国人物的文采风流，例如燕京大学门口小食肆"常三"供应许地山传授的印度饼；有时借助老北京的饽饽铺、萨其马记录民俗风情。时而对食用菌菇寻根溯源，状类科学研究；时而又对老字号的兴衰、全国烹饪比赛的评比发议论，将北京菜、福建菜的流派传承、历代演变娓娓道来。他还"理论与实践相结合"，著文之外，亲自下厨做出隽品辣菜、野鸡、烤葱，让同道中人回味无穷。

美食家王世襄的公子王敦煌对饮食之道也很有研究。他写《吃主儿》一书，声称是自己"饮食生活的记录"，但记载的其实是王家日常烹饪和吃饭的精彩瞬间，从中餐的面条、馒头、清蒸甲鱼和蟹粉，到西餐的三明治、土豆沙拉、咖喱牛肉，从蜜饯果子干、糖葫芦写到酸梅汤、杏露、汽水等饮料，兼及自创的炊具、不同场合的各种餐具，以及请客、过年的礼俗和流程。

作者说，他从小不爱外食，觉得祖辈、父辈或同辈人一咏三叹的饭馆名菜不过尔尔，反倒是家常吃食更充肠适口，因为家里不但有玉爷、张奶奶两位管家兼大厨，更有父亲和祖父代表的美食记忆。他书中所描绘的"吃主儿"：父亲王世襄和两位老家人，都"具备三点，就是会买，会做，会吃，缺一不可"。

从侍奉祖父的两位老家人那里，王敦煌学会了怎么做炸酱面、怎么采野菜、怎么买鲜货，也找到了亲情和爱。他小时候，母亲因肺病隔离疗养，父亲被派驻国外，他跟着祖父以及两位旗人老家人一起生活，是个只有祖籍是福建的土生土长的北京人。家庭往事、北京掌故、文化历史、饮食习俗，乃至一口地道的京白，都在灶间的油盐酱醋、炒炒爆爆中习得。

作者对吃主儿保持高度敬意，认为他们不仅吃过见过、好吃会吃、会买会做，而且不甘心于道听途说、人云亦云或先入为主。这样的人，去菜场会"看着买"，懂行、识机，能买到高品质的时鲜，但有时也会冲动购物，看到优良食材就技痒，以致消费超过预算。做菜时他们物尽其用，不浪费，不糟蹋东西，肉皮、骨头、脚爪、翅尖、瓜子、橘皮都能找到登台表演的机会。吃东西时他们举一反三，自己琢磨着复制和创新。做菜时，吃主儿又"随心所欲，想怎么做就怎么做，有条件时做，没条件时创造条件还要去做"，不同口味，各种花色，做出来的必定是美味，这就有"从心所欲不逾矩"的大师风范了。

文中花了很多篇幅描写怎么做菜，爱吃不爱做的读者看了，可能会觉得琐碎乏味。但此书的看点，除了一口漂亮利落的北京方言，还有即事见人，在饮食之道中凸显的人物个性。比如，他童年时代起就相依为命的两位老家人，既是老北京，也是旗人，自有独特的生活方式和行事准则。玉爷只有几套衣衫，却很爱干净，有出客、做事就要更衣的习惯。张奶奶平日勤上澡堂，但不天天洗脸——因为洗一次，要动用"猪胰子"、刨花水、雪花膏，经过净面、梳头、整理首饰各种手续，实在麻烦。当然，她出门、见客之前还是要洗脸的。

作者的童年大约有点寂寞。父母不在身边，家里都是老人，所以祖父早餐食用的面包吐司、"兵蛋"（鸡蛋煮得半熟，放在专用玻璃杯顶部，用调羹敲开挖着吃的英式做派）都成为他津津乐道的观察对象。父亲下厨的盛况他更是不厌其烦地详加记载。王世襄为作者的祖父每月朋友间的聚会亲自洗手做羹汤，将闽菜和京菜的烹饪方式相结合，因地制宜，推陈出新，但还需要玉爷和张奶奶打下手，做好一切买、择、洗、切的前期工作。作者把与王世襄在厨房的交流和一起去野外搜寻蘑菇的经历都当作父子互动时刻，念念不忘。

"旧时王谢堂前燕，飞入寻常百姓家。"王世襄关于饮食的散文，彰显的不是钟鸣鼎食的奢靡范儿，反倒是作者作为官宦子弟走出庙堂、历经坎坷后，栉风沐雨而来的山野风味。他回忆中"最好吃"的东西，从绚烂归于平淡，也为物质匮乏的年代做了一个含蓄隽永的注脚。而王敦煌有关祖父、父亲以及两位老家人的饮食记忆，同样家常素朴却齿颊留芬。父子俩的作品都历久弥新，永不会湮没于滚滚红尘。

食荤者梁实秋

有学者认为汪曾祺多谈"下里巴人"的食物,梁实秋(1903—1987)的《雅舍谈吃》则更"阳春白雪"。重读此书,我却发觉这位美食文大家的口味并不那么"雅"。首先,这本集子里多荤菜,少素菜。五十七篇散文中,有关素菜的茄子、菠菜、笋、龙须菜和豆腐几篇都短小简略。作者描写羊肉、火腿、烧鸭、猪肉甚至鸡蛋时,却兴致勃勃,绘声绘色。其次,他对北平饭馆及街头小吃的油腻荤腥念念不忘,却很少提到清淡家常菜。再有,他的口味偏于北方,相对粗豪,对面食如烙饼、饺子、韭菜篓之类津津乐道,南方人爱喝的粥在他记忆中则和小时生病、被迫卧床联系在一起。他也承认"平素早点总是烧饼、油条、馒头、包子,非干物生噎不饱。"还有,他不但爱吃肉,且嗜甜食,对八宝饭、核桃酪、糖炒栗子来者不拒。

相比于梁实秋这样胃口好、嗜好肥甘的"大路货"口味,现代不少文人学者却标榜自己对苦味青睐有加。周作人把自己的书房称为"苦雨斋",还多次吟诗、撰文讨论"苦茶",似乎对苦情有独钟。他在《苋菜梗》中提出"咬得菜根则百事可做",因为"第一可以食贫,第二可以习苦",鱼腥草(古称"蕺")、苦胆都能砥砺意志,还慨叹"中国的青年有些太娇养了，大抵连冷东西都不会吃，水果冰激凌除外"。当年初到日本，别人因"日本饭菜那么清淡，枯槁，没有油水"而"大惊大恨"时，他却从个人"性分"、绍兴饮食谈起，发思古之幽情："有些东西可以与故乡的什么相比，有些又即是中国某处的什么，这样一想就很有意思。如味噌汁与干菜汤，金山寺味噌与豆板酱，福神渍与酱咯哒，牛蒡独活与芦笋，盐鲑与勒鲞，皆相似的食物也……此其间又含有文化交通的历史，不但可吃，也更可思索。"他还扯上了人生的"小训练"，说："中流的知识阶级应当学点吃苦，至少也不要太讲享受。享受并不限于吃'吐斯'之类，抽大烟娶姨太太打麻将是中流享乐思想的表现。"这就更占领道德制高点了。

古人说"甜酸苦辣咸"五味，因为现代科学证明辣是触觉而非味觉，有人提议加上"鲜"（日文 umami）来凑足。我总觉得苦味最违背人类本能。甜、咸、鲜代表人类进化过程中必需的糖、脂肪和蛋白质，一向是我们的最爱。即便现代医学与减肥人士对多糖、多油、多盐食品深恶痛绝，甚至目为"毒药"，人的口味偏嗜还是那么顽固。苦味则不然。进化过程中人类本能地排斥苦味食物，因为有毒食物往往苦涩。中国八大菜系以甜、酸、辣菜著称的都有，但以苦味招徕食客的很少。

知堂老人在日常饮食中其实很怕苦。他对苏州精细茶食低回吟唱，二十世纪五六十年代多次让人从香港寄"海淘"食品包裹，对作为"个人名片"的苦茶也是叶公好龙。有朋友被他忽悠，特地从家乡带来苦丁茶相赠，他一尝实在太苦，"终于没有能够多吃"。

再看茶叶，发现是"故乡常种的一种坟头树，方言称作拘朴树的就是"，联想就更不美妙了。不过，这不妨碍他在《苦茶随笔》中引经据典，谈日本的"唐茶"，《茶经》中的"皋卢"，《南越志》中的"瓜芦木"，乃至《毛诗草木鸟兽虫鱼疏》中各种树叶泡的茶。周作人谈苦，其实是因为"好玩""好想"，而非"好吃"。无独有偶，汪曾祺小时候不爱吃茨菰，因为它有苦味，还和记忆中家乡的水灾、食物匮乏联系在一起。但一听老师沈从文点评师母张兆和做的茨菰肉片"这个好！格比土豆高"，他就改变了观感，甚至把茨菰视为故乡的指称，想在北京的冬日来一碗"茨菰咸菜汤"了。

　　故乡的食物可能因"物离乡贵，人离乡贱"之故蛊惑客居异乡的游子。我们的记忆也往往粉饰太平，把过往的苦难修正为回味无穷的经历。但苦茶和苦菜受到文人墨客关注，并拔高到"有格"、有德的地位，还和苦味代表的文化记忆有关。周作人翻检故纸堆说苦茶的例子"珠玉在前"。茨菰也有独特的文化品牌。诗人张潮的《江南行》曰"茨菰叶烂别西湾，莲子花开不见还。妾梦不离江上水，人传郎在凤凰山"，写景抒情，比兴结合。茨菰秋末收获，此时荷花花叶凋零，文人"留得枯荷听雨声"之际，也可品味微苦的莲子与茨菰，感怀爱而不得的苦涩离情。

　　相比之下，梁实秋在吃食方面要率真得多，他对故乡的眷念也更多凝聚于亲情而不是风物。这一方面可能因为他过了不少富足的日子，不必强颜欢笑，将贫穷、匮乏装扮为淡泊清高。另一方面，因为他是曾经留美的"洋学生"，口味西化外行事也更坦白，爱吃不爱吃都能百无禁忌地说出来。梁实秋出生于北京，1915年实足十二周岁就悲悲戚戚地辞别父母，"第二次断奶"，进清华学堂读书，全日寄宿，每周回家一天。那时清华实行西式教学，全用英文，重视体育、卫生，规定学生每周洗澡，统一在食堂用餐。他有时也从小卖部买花生、栗子、洋零食、冰淇淋之类解馋，只是不能在寝室以外的地方吃，也不能边走边吃。1923年从清华毕业后，他赴美留学，归国后在东南大学、青岛大学教书。梁氏年轻时食量甚豪。他在清华读书，有次一顿吃了十二个馒头、三大碗炸酱面。1926年留美回国，他一下火车先去饭店吃遍"三爆"（油爆、盐爆、汤爆）羊肚，大快朵颐后才慢悠悠地回家，多年后还认为是"生平快意之餐，隔五十年犹不能忘"。

抗战爆发，他只身前往大后方，和妻儿分离六年。"雅舍"是梁氏抗战时期在重庆北碚的寓所名。在流离失所、入不敷出的抗战时期惦念荤腥、甜食，而不是清粥小菜，可以理解。但《雅舍谈吃》于八十年代出版于中国台湾，梁氏重温青壮年口味，不惟是"心之所好，九死未悔"，对故园、家人的怀旧眷恋也是原因。少年离家，出外求学、工作，他在父母身边的日子不过十来年。他对家常饮食的兴趣是退休后和老妻同做家务时才培养的。两人在台湾每日提篮逛街。买菜归来，"对面而坐，剥豌豆，掐豆芽，劈菜心"，边做边聊。然后，他进书房，妻子进厨房，中午十二点准时吃中饭，晚上六点准时吃晚饭。在他心目中，妻子和母亲一样，都是通过中馈之道表达爱意，将亲朋联结在一处的家庭"总管"。妻子自奉简薄，但待客殷勤，有朋友来，她常以馅饼、葱油饼、大包飨客，据说得自其母真传，被客人誉为"江南第一"！他的生日在腊八，天寒地冻之时，妻子先起床，精心料理食材，给他煮好腊八粥，才唤他起身享用。

中国文人对苦味浓墨重彩的描绘有违人情之常，很不自然，却有文化。这让我想到法国社会学家布迪厄以口味区分阶级的经典论述。他说，上流社会追捧的美食多半分量小，油脂低，味淡而苦，与"下等人"的偏爱截然不同，因为贵族要用饮食习惯证明自己有条件挑剔口味，也有能力控制自我。在这种话语传统中，梁实秋显得颇有"反潮流"精神。梁实秋早年对饮食之道采取名士态度："人生贵适意，在环境许可的时候是不妨稍为放肆一点。吃饭而能充分享受，没有什么太多礼法的约束，细嚼慢咽或风卷残云，均无不可，吃的时候怡然自得，吃完之后抹抹嘴，鼓腹而游，像这样的乐事并不常见。"他甚至为"馋"辩护，说"馋，基于生理的需求，也可以发展成为近于艺术的趣味"，"馋非罪，反而是胃口好、健康的现象，比食而不知其味要好得多"。他晚年患了糖尿病、胆结石，血脂、血糖偏高。妻子严格限制他的碳水化合物摄取量，糖不能吃，炸酱面从两大碗改为一碗，"其中三分之二是黄瓜丝、绿豆芽，面条只有十根八根埋在里面"。他出外应酬，自带三明治，不吃酒席。

从幼至老，梁实秋从饕餮爱吃到被迫为健康而忌口。雅俗不论，食物给他带来的，不光是生理、心理上的愉悦，更是关于亲情的温暖回忆。

来自台湾的美食回忆

法国作家马赛尔·普鲁斯特（Marcel Proust，1871—1922）的巨著《追忆逝水年华》卷帙浩繁，耗时十几年才出版完毕，让读者难有勇气和耐力一气读完。不过该书最为人称道的是其中的"麦德兰场景"（episode of the Madeleine），即，叙事者在品尝麦德兰小蛋糕时，不自觉地记忆回放，回想起小时候礼拜天去教堂做弥撒之前，姑妈给他吃蘸茶的小蛋糕的情形。麦德兰的滋味从此镌刻在他的脑海里，让他日后一尝到这种"精致的欢愉"就会想到永远逝去的童真、亲情和家人。

麦德兰是一种贝壳形状的小蛋糕，用带有花纹的烤盘制成，质感像我们一般说的"海绵蛋糕"，蓬松柔软，没什么特别的。普鲁斯特其实是用这个场景来阐述他对记忆的独特理解：尽管世事无常，过往如烟，我们依旧可以通过各种蛛丝马迹追溯历史，保存记忆。但关于美食的记忆，在美食家写来自然不同凡响。下文中的两位美食家，逯耀东和唐鲁孙，都出生于大陆，后来搬到台湾，他们回忆中的故乡美食不免沾染了乡愁。

只剩下蛋炒饭

"只剩下蛋炒饭"这个书名的典故,作者、台大中国文学教授逯耀东解释,来自他一个出身官宦世家的朋友(其实是唐鲁孙家):他家那时考厨师,只要求做蛋炒饭和青椒牛肉丝两款。据说,蛋炒饭美其名曰"碎金饭",要求"饭要颗粒分明,颗颗包有蛋黄,色似炸金,油光闪亮,如碎金闪烁",又被叫作"金镶银"。作者以此命名,一方面是要说明越是普通的饭食越是难以化腐朽为神奇,很能考验厨师的功力。另一方面,他也在慨叹美食难再得,纵然豪门世家也有梦醒时分,三世而斩,弄到只剩蛋炒饭了。

作者虽在本书中将他所亲炙的美食津津乐道、事无巨细地一一写出,比如螃蟹、东坡肉、烤猪、挂炉烤鸭,乃至福州菜、川味馆、台北卤菜等,让人看了食指大动、垂涎三尺,可是总体的基调仍是怀旧和伤感的。中国饮食文化衰落,究其根本,逯氏认为是"欧风已逝,美雨滂沱","某当奴"(按:麦当劳)、"啃大鸡"(按:肯德基)之类的快餐食品来势凶猛,"非我族类的食品入侵,影响普及整个社会层面"。

觉得作者言过其实了?不然。作者认为,饮食习惯是文化结构的重要环节,美式快餐的特色是品质标准统一,取食快速卫生,代表了美国文化的特质。中国食文化则截然不同,除了果腹以外,民众追求的是一种艺术的表现。美国厨房是现代科学产品的展所,各种机器、量器应有尽有,科学精密的食谱以外,还有各色减肥秘诀。在美国文化和生活方式的冲击下,难怪传统的中国吃食渐告式微,连"吃像样的烧饼、油条、豆浆"都很难了。

逯耀东是学者、教授。他在此书中寻寻觅觅,是要记录下已经逝去,或者即将逝去的中国传统美食,以及它们所代表的某时某地的那段独特历史。他谈红楼宴,从"茄鲞"一味说到茄子从印度传入中国及其做法的演变,兼及对贾府主食为米饭的考证,评论曹雪芹祖上两世三人担任江南织造,所以他也以江南作为自己的文化根源。讲起东坡肉,他又要说到中国历来对猪肉的消费,追溯到西周"八珍"之一的"炮豚"。

不过,让我看得最为过瘾的是作者对于自己亲身体验的美食的描述。例如,他忆及少年时代在苏州著名的朱鸿兴面馆吃"大肉面"的经历:"那的确是一碗很美的面,褐色的汤中,浮着丝丝银白色的面条,面的四周飘着青白相间的蒜花,面上覆盖着一大块寸多厚的半肥瘦的焖肉。肉已冻凝,红白相间、层次分明。吃时先将肉翻到面下面,让肉在热汤里泡ซ。等面吃完,肥肉已经化尽溶在汤里,和汤喝下,汤腴腴的咸里带甜。然后再舔舔嘴唇,把碗交还,走到廊外,太阳已爬过古老的屋脊,照在街道上颗颗光亮的鹅卵石上。这真是一个美好又暖和的冬天早晨。"

朱鸿兴的焖肉面我也吃过,老实说,没有作者描述得那么诱人。除了他质疑的美食传统沦丧的原因,我觉得作者本人那时那地的经历才真正决定了面条的滋味。少年人肠胃如铁却囊中羞涩,冬日清早寒气凛冽,这当儿吃上一碗滚烫、肥腴、朴实的大肉面,当然是无上美味,不可复制。

由此看来,中国传统美食的逝去,固然有全球化冲击的因素,也不乏作者经历和心境变化的影响。美食如美景,花开堪折直须折。

燕尘雪泥话美食

大约十年前，大学图书馆为了扩充中文书的收藏，出钱买下了另一所大学某中国古典文学教授的藏书。我每次去闲逛，总有惊喜发现。前几日在一个角落发现一本《中国吃》，唐鲁孙著，台湾景象出版社授权的海外版，由香港通俗文艺出版社1978年出版。繁体竖排的一本小书，印刷和纸张质量都不佳，年深日久，书页发黄变脆。图书馆员特地做了一个硬壳书套加以保护，米黄色的封皮配上墨绿的书脊，倒也似模似样。

开卷展读，才知道这是将文坛"老青年"唐鲁孙（1908—1985）二十世纪七十年代在中国台湾《联合报》副刊等处发表的文章收编成册，其中尤以回忆清末和民国的北京（那时叫"北平"）和中国其他地方的吃食夺人眼目，惹人遐思，所以取名"中国吃"。可不是吗，当年唐鲁孙的文章一发表，不仅是梁实秋等名家技痒回应，就是一般读者也纷纷表示要跟作者学烹饪的本事。手上的这本出于私家藏书，我常在页眉发现不知名人士的点评甚至批驳，言辞犀利，有"欺人之谈""痴人呓语"之类的判词。作者的文字独具魅力自不必说，可是无关国事的闲文居然能引发如斯强烈的情感就有点让我惊奇了。

唐鲁孙是满族镶红旗人，姓他塔拉氏，本名葆森，字鲁孙。他是珍妃、瑾妃的堂侄孙，从小出入于宫禁，七八岁时觐见瑾太妃还被封了个虚衔的一品官。累世官宦、世家名门之后，穿衣吃饭自然考究。他说，过去家里招厨子，一定要测试的两个菜是蛋炒饭和青椒牛肉丝。鲁孙生于北京，所以对老北京的传统、风俗、掌故及宫廷秘闻了如指掌。可是先世游宦，足迹远至江浙、两广、川黔、云贵甚至新疆。他自己又因为年幼失怙，十六七岁就只身出外谋职，游遍天南海北，所以见多识广，熟谙甜酸苦辣的各地风味，有为一尝青海的鳇鱼"冒寒西行"，又到兰州吃全羊宴的佚事。作者于1946年移居台湾地区。《中国吃》是他退休以后的忆旧之作，自陈是闲得无聊，所以发挥"馋人"专长，以回忆早年在大陆的美食经历来排遣有涯之生。作者的本职并非鬻文为生，一生功业却偏偏得益于晚年这些信手拈来、妙趣横生的美食文，也可说是异数。

《中国吃》中的篇什，最精华的部分自然在吃。作者从北平的饭馆、甜食、早点、奶品说起，兼及津沽、上海、曼谷的吃食。从烤鸭、驴肉、涮羊肉、烫面饺、糖葫芦、冰碗说到饮酒、抽烟、喝茶，既有娓娓道来的历史掌故，又有在北平如何上饭馆的"独家秘籍"，内容丰富，平易近人。作者虽然出身贵族，却不端架子。一口漂亮的京片子，说的不仅有天价"宰人"的菜色，更多的却是平民食品。他又说到当年北平饭馆的行规、梨园子弟的嗜好、上海仕女的争锋，读来既解馋又开眼，可增广见闻，可补正史与民俗学之阙，无怪乎有人称赞唐鲁孙是"华夏谈吃第一人"。

有意思的是，作者每说起一样故都的美食，就要感叹今不如昔，批评台湾的仿制品"似是而非"。记得周作人当初抱怨北京没有精细点心，枉做了五六百年的京城，还自我辩解说不是他好吃，而是觉得文化历史发展久远了，总要在生活上留下一点或华丽或清淡的"精炼的痕迹"。所以，唐鲁孙对于美食雅韵如雪泥鸿爪无处可觅的哀叹，又何尝不是对于某种文化和历史湮灭的黍离之歌呢。燕尘话旧,即使不至有"白头宫女"之讥,它所引发的乡愁乡思以及对于同一段历史的不同记忆和阐释,也难免反响强烈、众说纷纭。

美食专栏话美食

蔡澜与沈宏非，论年龄整整差了一辈。论家乡，一个年轻时走遍天下而于绚烂归于平淡；一个生于上海，但在经济开放的大潮中南下粤地。两人的共同身份，除了"吃客"以外，都曾是美食专栏作者。他们笔下的饮食文化也别有风味。

蔡澜的乡土美食

蔡澜于1941年出生于新加坡，是华语圈中知名的电影监制、美食家、专栏作家、电视节目主持人和商人。他先后在东京、纽约、巴黎、首尔、台北、巴塞罗那和曼谷等地居住过，通晓多国语言，精于书法、篆刻。他写作多年，出版书籍超过两百本，曾与黄霑、倪匡、金庸并称"香港四才子"。

蔡澜也主持过多种电视节目。《蔡澜叹世界》是TVB为他量身定制的旅游节目，由他带领工作人员远赴十三个国家拍摄代表人生最高享受的生活场景。他主持的TVB旅游美食节目《蔡澜品味》集旅游、饮食、消费、娱乐于一体，也大受欢迎。1992年起他又进军商界，创办监制了"暴暴茶""暴暴饭焦"等"暴暴"系列产品，其中"蔡澜卤鱼酱料""菜甫瑶柱酱""榄角瑶柱酱""劲辣酱"

等都风靡香港。他引荐进口了澳洲有汽红酒、"路土露"健康食品等,还在上海开了一家"粗菜馆"。

这样一个见多识广、风流倜傥、能吃会做、多钱善贾的才子兼商人型美食家对吃食别有会心,见解独特。旁人问他什么东西最好吃?他较为大众的答复是和要好的(女)朋友一起吃的东西最好吃,而最不好吃的是"健康食品"。具体说来,"吃惯的东西就是好吃的东西,尤其是妈妈烧的菜。第一个印象,就深深烙印在你脑中,从此毕生难忘"。

蔡澜心目中的美食是乡土的、家常的,和个人的童年记忆与人生经历密不可分。所以,他爱贡丸、河粉、云吞面、海南鸡饭等传统小吃和烧鹅、盐焗鸡、猪头肉、乳腐、皮蛋等传统菜色,对所谓"健康食品"指南不以为然。他对猪油捞饭等高胆固醇、高脂肪的吃食情有独钟,觉得唯一不需要加猪油就好吃的菜是豆芽炒豆卜(按:豆卜即油炸豆腐泡)。他也对有关什么不能吃的讨论嗤之以鼻:"与其保护濒临绝种的动物,不如保护濒临绝种的食物。许多儿时吃过的味道,当今已尽失。能够尝到传统的食物,已经觉得非常幸福。哪里有时间讨论什么不吃的?"

他又认为各种烹调方式中以白灼最佳,可以保证食物的原汁原味。他带领"美食旅游团"南征北战,在世界各地品尝美食,去广东采荔枝,去昆明品菌菇,去日本冈山吃水蜜桃,就是讲究食物要"接地气",觉得"味含土膏,气饱霜露"的果菜才是上品。他又支招,饭馆的菜好不好吃,只要看它端上来时色、形是否传统:烤麸如果是刀切而非手撕必定不佳,而韩国泡菜色泽不够鲜红就是腌渍火候不到。

蔡澜自认只是个馋人，不愿接受"美食家"的尊称。他说品鉴美食无甚秘诀，只要善于比较；自己只是留意吃食，多和菜贩交流。不过，作为老饕的第一要义是得有品尝各种食物的勇气和好奇心。蔡澜声称天上飞的飞机不吃，四条腿的桌子不吃，硬的石头不吃，软的棉花不吃，但其实他也有自己的饮食禁忌和偏好。

他爱茶而不喝咖啡，因童年吃凤梨受伤而对这种水果敬谢不敏，又因猫有灵性而不吃猫肉。他不爱吃的菜色则有：小唐菜、蒟蒻、年糕、面条、马铃薯、西兰花，因为它们味道单薄，质感平淡，缺乏个性，不够独特。在观念上，他又反对几类食品：冒充荤菜的斋菜、人工培养的禽畜鱼虾、连锁快餐、东西结合的所谓"复式"（fusion）烹调以及造型考究的花巧菜式。这些食物他一概称为"饲料"，并大声疾呼"还我天然，还我纯朴"。

蔡澜的美食文通俗流畅，用字浅白而活力四射、个性十足。正如他所说，我们有时吃的不是食物，而是"一种习惯，一种乡愁"。

"浓油赤酱"沈宏非

美文如美食，有的甜糯可人，有的清脆爽口，有的麻辣带感，有的清淡隽永。与蔡澜追求明代小品文式的简约隽永相比，沈宏非的风格称得上"浓油赤酱"。

沈宏非于1962年出生于上海，1980年就读于暨南大学新闻系，曾在广州、北京、香港等地从事媒体工作，现为自由撰稿人，电视节目策划人，制片人，《南方周末》《新民晚报》等报刊的专栏作家。他有关饮食的篇什最初多为报纸专栏而写，之后结集为《写食主义》《食相报告》《饮食男女》等出版。

　　同样是写故乡的食物，周作人偏重寒苦民生中的欢愉，苦里回甘。汪曾祺追索书画古籍中的踪迹，气度高华。梁实秋描叙居家、食肆中的经历，酣畅淋漓。唐鲁孙回忆宫廷、民间的演化，琳琅满目。沈宏非也写过流行于上海民间的生煎馒头、猪头肉、汤面、菜饭，可是他关注的焦点更多不在乡土，而在国际。在他笔下，茶和咖啡如"男女厕所"并肩而立，三明治和大闸蟹和谐共存，意面和饺子不妨沟通对话。瞿秋白就义前的遗书，袁枚的《随园食单》，李渔的《闲情偶寄》，海内外的八卦热点，营养科学的最新发现，乃至张岱、陆文夫、张爱玲、唐鲁孙、马塞尔·普鲁斯特的文字他都信手拈来。文章里中文、英文、日文、法文并行不悖，他又多用谐音、双关语制造笑点，乐此不疲。

　　比如，写到金华火腿，他的比喻是"风骚入骨"。写猪油美味，他的标题是"和猪油偷情"。他叫荔枝"惹火尤物"，称生蚝为"咸湿春药"，写到他深爱的南方点心汤面，那更是活色生香、妙语连珠。从南方细面的"盘正条顺"，汤面来源的"南人北相"，写到面条被捞起时的"梨花带雨"，期间引用李渔、袁枚、朱舜水多人的著述，涉及意面、兰州拉面、山西面食、北京炸酱面、日本拉面和吴越汤面，食色兼顾，收在《饮食男女》文集中，倒也应景、切题。只是，他的美食文也因此有食材过于丰富、驳杂之憾，如加料豪华版佛跳墙，肥腴厚味，让口味清淡的读者招架不住。

　　看了沈宏非的美食文，我深感他的食物书写固然带有"传统美食家"的怀旧倾向，但传达更多的似乎是作者本人的聪明机智以及中西合璧、放眼世界的情怀。他点评吃食时纵横捭阖、华洋并蓄，看着也有趣味。但典故过于密集，文字游戏过于华丽，就不免喧宾夺主，让读者不得不经常停下，思索作者的引用是否恰当、遣词是否准确，如白米饭中忽然吃到鱼骨头，在一定程度上影响了阅读体验。我本人更欣赏的倒是他贴近上海市井生活，"锅气"充沛、情真意切，文字也较为朴素的几篇。

也或许，这样的行文风格正如作者耳熟能详的海派本帮菜，兼容淮扬菜、徽菜、浙菜和西洋大餐的影响，作料齐全，烹饪火爆，丰富浓郁，别是一番滋味。

第三章　巷子里的老味道

舌尖上的心传

《舌尖上的中国》第一季2012年播出，引发全国甚至全世界对中国美食的热议。第二季全套八集，2014年4月18日开播，每周一集，要到6月中旬才结束，但反响已十分热烈。其中第二集《心传》描述家庭、行业、村落乃至民族世代传承的烹饪技艺，苏州老字号得月楼也跻身其中。

得月楼于明嘉靖年间创建于苏州虎丘，已有四百年历史。乾隆下江南时，曾赐名"天下第一食府"。以后几经沧桑，直到1982年4月25日恢复，搬到市中心观前街商业区的太监弄，也就是老苏州口中"吃煞太监弄"的美食街。2003年得月楼改制，从国有转为民营，成立了苏州得月楼餐饮有限公司，2006年又在苏州工业园区李公堤开设了分店。

三十多年来，得月楼接待过包括世界建筑大师贝聿铭在内的海内外名流，又成为影视剧如《满意不满意》《小小得月楼》的素材，蜚声中外。但它以老苏州菜和苏式船点出名，并非专门经营糕团点心。2014年5月的一天，我带着好奇心拜访了在《舌尖上的中国》第二季中崭露头角的得月楼"白案"点心大师吕杰民。

得月楼太监弄总店是个飞檐翘角、粉墙黛瓦的古典式两层小楼，和另一家百年老店松鹤楼隔街相望，又和五芳斋、王四酒家、新聚丰、老正兴等老店相邻，组成美食老店一条街。行人远远就能看到店外"嫦娥奔月"的灯箱。大门口的招牌红底金字，二楼窗外的则黑底金字，写的都是"得月楼"。门外还有红底金字的行书对联："吴地明厨远来近悦，琼楼玉宇醉月飞觞"。一楼左手窗外的纸板上写有"热烈祝贺得月楼大厨和名点上央视《舌尖上的中国第二季——心传》"。走进大门，右手是大堂。迎面是"左右开弓"的红木楼梯，通向二楼的包厢，半楼金碧辉煌的青绿山水画很有气势。

吕师傅五十出头，身高一米七左右，身穿标有"得月楼饭店"字样的白色制服，头戴白色厨师高帽，胸袋里放了个手机。他是苏州本地人，1981年就读于苏州烹饪专科学校（那时叫"商业技工学校烹饪班"）。因为"红案"对刀功、颠锅技术要求高，他身材瘦小，老师觉得他更适合专攻讲求手工技巧的"白案"。1982年9月他就到新近恢复的得月楼实习，1983年7月毕业后正式分配在此工作，一做就是三十一年，可谓元老。

说到他的本业糕团点心，吕师傅如数家珍。他说苏式点心的特色是小巧玲珑、四季有别、选料精细、制作严格。改革开放后，冰箱贮存技术推广，食材流通性提高，师傅们触类旁通，创新改造。比起《舌尖上的中国》第二季里说的糯米粉、粳米粉混合的传统糕点，如今苏式点心也用面粉、杂粮、澄粉为胚子。馅料上，传统有荤素、甜咸、生熟之分，荤馅以猪肉为"母体"，加料配制。现在他们也吸收京式、广式、川式的工艺和口味，如用澄粉做透明拉糕，供应甜咸复合味、川辣味等。

不过，市场经济也带来压力。因为要适应顾客需求、"主流要求"，他们必须改良原料。如，为适应大众对健康的关注，猪油丁已从点心里消失，枣泥拉糕比过去要少放10%的糖、20%的油。苏州糕团讲求用料新鲜、手工操作。饭馆无法预计每天有多少顾客。为了经济效益，中等饭店最多自己制作两三种点心，其余都用速冻成品，只有得月楼这样的大店还有十四种手工点心。传统苏式宴席，冷菜之后，每上两道热菜就要上一道汤、一道点心，甜咸、冷热搭配，最后才是鱼、肉、家禽等"大菜"。如今的宴席上，点心只是"点缀"，往往要等菜色齐全、大家吃饱后才上，更被边缘化了。

尽管市场潮流瞬息万变，点心手艺也千变万化，吕师傅坚信"民以食为天"，反对商家只讲利益、不管百姓身体。《心传》中展示的苏州船点造型多样、趣味横生，动物、植物、人物都天真烂漫，栩栩如生。但他宁可用本色，不用化学色素和添加剂。真要上色，他也选用天然材料，如胡萝卜汁、可可粉、蛋黄等，保持营养，保证健康。他说，每次做点心他都要想着这是"给亲人吃的"，坚守职业道德。另外，无论工艺怎么改良，他都坚守老苏州的传统。正如"子女身上总要有父母的影子"，苏式点心再怎样"百花齐放"，原料多样，工艺创新，万变不离其宗。要保证老字号得月楼的"品牌"，质量和口味才是硬道理。第三，他认为不断试验才能创新。白案师傅既要多学习吸收，提升自己的知识量，又要下苦功夫，师父领进门，修行在自身。

谈到《舌尖上的中国》第二季中拍摄的师徒传承，吕师傅披露，拜师仪式在二十世纪五六十年代还有，现在已基本消失了。他本人也并非出身厨艺世家。只因父母"思想传统"，觉得他高考失利后应该学一门保证"饭碗"的可靠手艺，他才成为厨师。他也不愿采用师父、徒弟的称呼，而更愿意说自己带的是"学生""门生""弟子"。跟他学艺的大多来自安徽、苏北，苏州本地人觉得这个工作太苦太累。学成后，80%的学生可能"换个环境"，从餐馆进入宾馆，20%的干脆改行。他的得意门生、大弟子如今在负责园区的得月楼分店，而《心传》中出现的弟子阿苗姑娘来苏州两年，已是得月楼的"正式工"了。

《心传》于2013年7月2日至6日在苏州拍摄四天，有时在得月楼，有些在平江府的半园。吕师傅对片子的评价是摄影技术好，把他看来很平常的东西拍出了艺术效果。至于内容，他觉得对食材的发掘有意思，古老的传说也有趣，不过很多都没有实物，只是传说，无据可查，反倒是点心手艺更实打实。

《心传》一开头就强调中国烹饪艺术的神秘精深，甚至无法单靠文字记载，不能以科学检测，非口口相传、言传身教、一生修行不可。但从我和吕杰民师傅的访谈来看，烹饪之道，更重要的还是"得鱼忘筌"，仪式、形式并不重要。除了手艺之外，更要紧的"心传"是与烹饪艺术相关的信仰、理念和品格。

无论是大厨还是食客，烹饪者还是享用者，如果每个人都能通过日常的烹饪、饮食活动参与文化的创造，芸芸众生的平凡人生也就有了独特的尊严和意义。

别开生面朱鸿兴

"朱鸿兴面馆"是陆文夫的中篇小说《美食家》中提到过的苏式面老店。创始人朱春鸿于1938年在苏州开了一家面积不足三十平米的小店，取名"朱鸿兴"。因他善用本地食材制作面条和小吃，品种多，质量高，服务周到，薄利多销，深受大众欢迎。1949年迟浩田将军率部解放苏州，曾到朱鸿兴吃过一碗焖肉面，时隔多年仍念念不忘。1993年和2003年他曾两次重访朱鸿兴并题词。

面店原址在苏州人民路。二十世纪九十年代道路改建，总店搬到齐门路和碧凤巷口，和著名风景区狮子林、拙政园、苏州博物馆隔街相望，在观前街另有一家分店。总店靠碧凤巷的门口有"朱鸿兴酒楼"的红色塑料字招牌，靠齐门路的则是黑底金字的"朱鸿兴"招牌，大门两侧还有黑底金字对联"吴越飘香，老店新辉"，是迟浩田的墨宝。一楼是堂吃、外卖面点的大堂。二楼一个包厢里，正中是玻璃台面圆桌，墙上挂着朱鸿兴饮食有限公司的董事长俞水林和一身戎装的迟浩田将军的合影，照片左侧镜框里的条幅上写有"香飘吴越，老店新辉"，右侧条幅则是"博古创新，再创辉煌"。

俞水林二十世纪七十年代在苏州老字号观正兴面馆学手艺，

八十年代到朱鸿兴老店任副主任，九十年代在平江饮食服务公司当经理。1995年朱鸿兴转制为民营，他自2003年起正式担任董事长。俞总是位身材稍胖的中年人，进门就高门大嗓，呼朋唤友，很是热闹。坐下后，他说最近突然胸闷透不过气，进医院动了个心脏支架的手术，救了一命，所以现在烟酒都戒了，连茶都不喝。他手里拿的就是杯浸了中药的白水。

说完心脏手术，他就大批《舌尖上的中国》，说其中"枫镇大面要放酒糟"的说法完全是胡扯。他称如今的"枫镇大面"都不正宗，最多算"白汤面"，因为没人再用传统方法"吊汤"了。正宗做法应是：活黄鳝放进沸水氽烫后捞出，黄鳝拿去划鳝丝，那锅又腥又腻，且带点绿色的汤水中再加肉骨头、姜、酒，用文火慢煮，撇去浮沫，两小时后成高汤。现在的人因为担心食品卫生，不敢这样熬汤。至于浇头焖肉，用带皮五花肉加葱、姜、黄酒、冰糖屑（现在多用绵白糖）调味后，大火烧开，文火煨炖几小时，然后捞起自然冷却。最后，将冷开水冲泡好的酒酿水稍微洒一点在肉上，为的是压住鳝汤的腥气，不是加酒糟，否则岂不成了"糟肉"？

同时在场的面点大师汪成师傅觉得苏式面的特色一是汤水好。哪怕是酱油汤，也能让吃客享受葱香、猪油香和面香。二是"面胚子"好，滑爽有韧劲，且有碱水香。现在苏州80%的面条都是四川人所制，碱水加得不足，面一下就烂。制面的滚筒又太小，滚面、烫面的时间太短，所以面条的口味逊色。好的面条，沸水大火煮透后会自动上浮，根本不用筷子搅动。朱鸿兴在苏州专门厂家定制28牙细面，下面师傅又技术高超，盛面的笊篱朝空中掼两掼，再将面卷紧,这样面条既能吸足汤水,入口又筋道。

比较传统工艺和现代手段,他们都对坊间流行的做法不以为然,批评"吃客不是吃客,师傅不是师傅",或者"三天成师傅"的普遍现象。过去他们学生意时,调料不过是葱、姜、酒、酱油,不加香料,不加味精。对焖肉浇头"吃得出多种香料"的说法,俞总更是嗤之以鼻,觉得这是"酱肉"的做法,不是不可吃出调料的焖肉该有的微妙滋味。

不过,现在外地人多了,年轻人"嘴吃刁了",猪肉和家禽又品种退化,不能保证鲜味。于是,他们也得做出让步,尽量使用天然食材制造出"复合味"(如加火腿吊汤),再稍许添加味精。另外,过去苏式面没有臭、辣的味道,现在也有了鱼香肉丝等改良的川味浇头。

俞总不仅是烹饪大师,还拥有自己的生意。在商言商,他也要操心利润,关注市场。据他介绍,他从2005年正式接手朱鸿兴以后,经历了几次调整、转型。苏州从解放初只有二十多家面馆发展到如今大小两千家,市场已饱和。大家供应的面点又大同小异,没有特色。如今房租高(观前店四十平米过去租金三十万,现在每年一百四十万),用工贵,做苏式面生意利润太薄。

他最初致力于向上海发展,接着又在无锡、南通、溧水、盐城都开了分店。之后,他又开发卤菜、净菜市场,在苏州吴中区的郭巷造了加工厂,生产卤菜、净菜,每天都向苏州各分店统一配送原料。外地的面馆他们则派师傅去专门培训,为的就是保证加盟店质量、口味的统一。目前,朱鸿兴在苏州有连锁面馆三十多家,卤菜店五十多家;卤菜年销售四千万元,净菜三千万元。加盟店可以因地制宜,自己定价,还有几家开发了卤菜新品种(如五香排骨)或刺毛团等点心新品种。俞总还在"欧尚"超市组织了苏州第一个姑苏小吃美食广场，但现在模仿者太多，生意也难做了。

目前俞总正在筹办一家特色面馆，致力于恢复朱鸿兴的老传统，每季供应独特的面点。如，春季专供加了虾仁、虾脑、虾子的三虾面，夏天是枫镇大面、净素菜包、蒸粉烫面饺（面粉蒸过再揉），秋天有蹄髈面、火（腿）鸡（肉）面、蟹粉小笼，冬天则供应两面黄等。他觉得这种面店的价位可以提高，但质量要保证。他正在找三四百平米的店面，不必在市中心，也不必紧靠居民小区，只要能保证停车位。他自信这样带季节性特色的面店既能保留传统，也能打响品牌。

俞总的底气不仅来自考虑市场的眼光，更立足于他对苏州面点传统技艺的掌控。他对老苏州面点的质量和口味极为自信。比如，他嫌弃台湾美食太粗糙，都是海鲜类，"有啥吃头？"；苏州点心则"细气""漂亮"，"小吃还是苏州好"。他又说，苏北面点的分量太多，尺寸太大，早茶吃了两种点心就饱了，毫无趣味。

听我抱怨两面黄盛名之下，其实难副，他又提出，正宗两面黄炒面的做法是：细面在沸水中氽过捞出，先用冷油文火炸透，油热后翻面，喷一点水，小火再炒，这就是"熟面、硬炸、软炒"的技艺，最后再加浇头。另外，正宗的净素菜包子盛夏卖，要用茎长叶短的小青菜，热水焯过后脆爽而略带苦味（冬天的小青菜偏甜，一焯就糊烂了），然后加金针菇、木耳、扁尖、五香豆腐干等做馅。当日做，当日卖光。

一碗汤面学问大。今天的苏州餐饮业，只有传统和现代珠联璧合，才能推陈出新，别开生面吧。

宫廷菜、官府菜、民间菜

苏州平江路历史街区的潘儒巷是条不起眼的小弄堂。从狮子林后背穿过，左手拐弯，走几步路就能看到粉墙上的黑字"吴门人家"，四字较大，右下的"菜馆"两字较小。廊外高挂黑底金字的"吴门人家"匾额，正门上方是"敦睦园"三字匾。右边粉墙上是黑底白字的"饮食男女，人之大欲存焉"和"治大国若烹小鲜"两句儒家和道家有关吃食的名言，还有老子的线描画像。门柱、门楣上招牌也不少：苏州吴门人家饮食文化遗产研究中心、苏州饮食文化海外推广基地、苏州民俗博物馆食文化展示厅、昆曲研究博物馆等。5月的一天，我就在这里品尝了研究者通过多年努力恢复的"织造官府菜"。

一桌"官府菜"

走过大门口一对"门当"石鼓，迎面就是第一进的大厅，两侧的对联是："吴门美食天珍海味寻无别处，小巷丰庖古韵今风品有人家"。居中横楣的匾额上书写"丰庖厨"三个大字。匾下还拉着红色条幅："苏州园林经典式生活将走出国门"。这是吴门人家菜馆的大堂。沿右边的抄手游廊曲曲折折往里走，左面墙上张挂有回顾苏帮菜历史和年节民俗食物的图文。右边的水池边摆放了几张小桌，食客三三两两，小酌闲聊。隔水有亭翼然，水中锦鲤游泳。

走进第三进院落，顺木梯而上到二楼。大厅梁高顶阔，四个方位分别悬挂四盏中式灯笼。听说，古宅重建不用一钉一楔，灯笼也用苏州城外一种特别的竹子制成榫钉悬吊。大厅以影壁隔开，分为两部分。靠里窗放了一张可容二十人用餐的大而沉的红木餐桌，四周摆放红木餐椅。影壁中间部位高挂贝聿铭题的"天珍海味"匾。右手是台北故宫博物院院长的墨宝"帝王美食"，左手则是旅居加拿大的华人佛学家、国学大师、香港《明报》前专栏作者王亭之题写的"吴江第一厨"。

吴门人家的总经理沙佩智女士介绍，这次进餐用"花台面"。大圆桌中间放置假山盆景和鲜花，四周一色小碟子都是凉菜：太湖熏鱼、凉拌豆干马兰头、松仁火腿、凉拌莴笋、油爆虾、"金圣叹豆干"（水煮花生加五香豆腐干，典故是金圣叹砍头前说两者同食"有火腿风味"）、凉拌海蜇、鱼松。服务员给大家斟的酒是他们自己开发研制的"红曲酒"，用红曲米发酵酿制，色如酸梅汤，暗红透明，喝起来像比酒酿劲大的米酒。据说美国诺贝尔化学奖得主证明，红曲米可降血压、控血脂。

热菜也个个有来历、有名堂、有考究。松鼠鳜鱼用的不是西红柿酱，而是杏子果酱，因为西红柿明清才从美洲传入，而本土的杏酱酸甜，"更健康养生"。沙总说，"乾隆在松鹤楼饭馆吃过松鼠鱼"一事无史可考，他们则根据《史记》所载的专诸刺王僚故事，在苏州名菜松鼠鳜鱼中放一把"鱼肠剑"，吃完后作为纪念品赠送客人。

我想,苏州织造肯定不曾照样做给乾隆吃,否则岂不有"弑君"之嫌?莼菜鲈鱼丝汤用的则是东晋张瀚借口"莼菜鲈鱼"之思,辞官从洛阳返回江南的典故。

使用水乡食材的菜色还有清炒藕片、菱角和马蹄(荸荠)、芙蓉蟹粉(炒蛋白铺在下面,上面是黄澄澄的炒蟹粉)、芡实(鸡头米)草头(金花菜)、猴(头)菇火(腿丝)鸡(肉丝)。官府虾仁不但要用手剥的活河虾虾仁,而且用提前制作的虾油清炒。樱桃肉用红曲米着色,肉皮上用刀刻出花纹,色泽艳丽如樱桃。德龄的《御香缥缈录》载,慈禧对这道菜情有独钟,因它甜烂入味,适合老年人口味,红曲米又能养生。据说王亭之吃完此菜后含泪题写了"吴江第一厨"几个字,因为这让他想起八岁时祖母("潘鱼"的发明者、潘祖荫探花的孙女)给他烹制的樱桃肉。莲子八宝鸭更是特别。据说乾隆特别喜欢吃鸭,一个月至少十五天餐桌上要有鸭子。这道菜用烤鸭去皮片肉,再加干贝、香菇、糯米、莲子等蒸熟,做成半球形造型,上桌前再用红色洋葱雕出莲花瓣,包裹四周。

和"织造官府菜"相配,他们特地在景德镇烧制了一套青花瓷餐具,取康熙御笔写就的"苏州织造"四字,盘子四周的花纹起源于汉代,中间的图画来自康熙年间《耕织图》中的精美版画。餐具还包括一柄十厘米长的银质"测毒牌"、银汤勺、银调羹、两端包银的筷子等。

从民间到宫廷

据记载,乾隆六下江南,在苏州停留的时间超过一百天,其中五次他还在苏州过了生日。苏州织造府本来为替宫廷置办布料和成衣而设，因常成为皇帝的临时居所，特地汇集私家名厨烹制美味。乾隆三十年，苏帮名厨首次出现在"御底档"中，厨子张东官还从苏州被带进宫廷，成为宫中"江南第一名厨"。直到乾隆第六次下江南时，年届古稀的张东官才得以告老还乡。随着苏帮名厨的不断入宫，苏造肘子、苏造丸子、苏造肉等苏帮菜成了宫廷名菜，就连酱也实现了"苏造"。

岁月荏苒，很多宫廷苏州菜都已湮没于历史，无从考证。吴门人家餐馆开张以来，沙女士一马当先，研究史籍，多次去北京故宫，和那里的苑洪琪研究员合作，寻找清帝下江南时织造府的苏帮菜谱，又走访苏州世家子弟（如拙政园张家，狮子林贝家，怡园顾家，范仲淹以及潘世恩状元、潘祖荫探花的后代）。2012年她呼吁海内外人士共襄盛举，致力于恢复五百多道"织造官府菜"，并聘请苏帮菜大师史俊生老师傅指导。

沙总因家庭熏陶，一直对传统美食有兴趣。2000年她提前从财会工作的岗位上退休，自己创业，在观前街开了一家"鸡鸣八宝粥"店，取苏东坡"卧听鸡鸣粥熟时"的典故，也因苏州人过去常用鸡鸣炉煨粥。后来她结识了苏州民俗博物馆的金旭馆长。当时该馆希望通过实物展示苏州饮食文化，就请她来主持吴门人家。经过几年的努力，目前他们已有四十多款复原的苏州"织造官府菜"入选省级非遗名录。今年他们又和加拿大的苏式园林逸园签约，希望通过园林式生活方式在海外推广苏州的"织造官府菜"。

2013年，吴门人家还复原了清代宫廷赏赐琉球国王的册封宴原貌。琉球国包括冲绳和鹿儿岛部分区域，位于台湾岛和日本九州岛之间，明万历年至清末五百年间为中国藩属国，1879年被日本吞并。现在冲绳的许多地方每年仍举行欢迎中国册封使到来的纪念活动。1719年5月，康熙任命册封使海宝，副册封使、苏州探花徐葆光出使琉球国。使团携带四名厨师、一名糕点师和若干杂役，在典礼上设宴，代表康熙御赐食物。

徐氏此行写成《中山传信录》，附有他领导测绘的中琉海疆图：琉球王国最西南的疆域只到八重山，而钓鱼岛、黄嵋岛、赤嵋岛等均在中国海疆内。除了确立"舌尖上的主权"，沙总最自豪的是他们根据琉球大学收藏的《琉球冠船录》中有关康熙册封宴的菜单和配料表复原了册封宴。日方提供的菜单很简略。他们再三钻研，确认册封宴一人一席，用红色桌围（垂下的桌布）。菜式一共五套，每套四菜一汤。其中蒸鱼一道，他们将大鱼蒸好后仅保留中间的龙骨，剔下鱼肉，去刺做成鱼茸，复原成鱼形，再用蛋黄做成鱼鳞。

从官府到民间

吴门人家复原"织造官府菜"成果斐然，沙总自豪地称：苏州菜已经成为国际知名的"国宴"。她赞美苏州人心灵手巧，苏绣、玉雕、家具精美绝伦，苏帮菜品种多、食材多、烹饪方式多样，称得上"口味多变，百吃不厌"。她说自己出访美国三次，一次比一次自豪苏州的烹饪技术高超，哪怕外国人工业化程度再高，"能造火箭飞机"，也望尘莫及。在加拿大，她看到中餐馆做馄饨如同包水果糖，"皮子一揪，不成样子"，下锅一煮更成了面团，不是苏州绉纱小馄饨那中空轻灵的样貌。

她说，苏州的平常路菜八宝炒酱远胜《红楼梦》中用十几只鸡配茄子做出的"茄鲞"。八宝炒酱的食材很普通,不过是豆腐干、蘑菇、花生米、肉、葱等,但考究一点的人家要"开十只油锅",将各种配料分别炒制,花生也要去皮。富足的生活才会精细。平民饮食已如此考究,可见号称"天堂"的苏州是所有人生活舒适的地方,而不只是少数贵族的天堂。

不过,对苏州人在饮食方面的"穷讲究",沙总也抱审视态度。比如,解释陆文夫不是苏州人却写出《美食家》的原因,她认为只因陆夫人是苏州人,"服侍得好"。她亲眼见到陆文夫早餐吃泡饭,夫人还要准备好五六只小碟子,分装花生米、黄豆、酱瓜、腐乳(另配麻油和糖)等粥菜,每样都只有一点点,看得到碗底。沙总评点:吃粥还要摆出这个架势,真是"苏空头"。大概因为意识到这种饮食方式和现代生活格格不入。如今大家工作繁忙,生活节奏快,女人也有工作,不可能那样精心伺候丈夫。

她走访苏州过去的"大人家",了解了贵族的生活,但有时也把他们的饮食方式作为笑话来讲。比如清道光年间的宁绍道台、自号"过云楼主人"的怡园主人顾文彬的后代顾笃璜(其父顾公硕是顾文彬曾孙,曾任苏州博物馆副馆长,无偿捐献出怡园)介绍,他家吃鸡头米,要早晨采摘,当天食用;每次一小盅,保证每颗大小一致,没有缺损。他们每年吃一次莲心,只吃五粒,用一套专用器具烹制,吃过就收起来。他们家的人从不吃饭馆菜,去别人家吃饭,绝不能吃饱,宁可回家再吃。

"旧时王谢堂前燕,飞入寻常百姓家。"但正如沙佩智女士所说,苏帮菜不求食材豪华,而讲艺术精湛,要把"简单的食材做到极致"。她介绍的几种家常菜的烹饪方法就是对这个宗旨最好的诠释。如,油爆虾要三次过油,两次浸黄酒,最后一次才加料烹煮,这样才可保证虾肉鲜嫩的口感。熬蘑菇油要开小火,蘑菇入油五次,每次都要捞出锅散热、散水汽,熬好了油,蘑菇还能保持洁白的色泽和松脆的口感。

苏州美食讲究色不失泽、香不失真、味不失本。肉要有肉的味道,鱼要有鱼的味道,虾要有虾的味道,菜要有菜的味道,不能靠味精和添加剂哗众取宠。无论是官府菜还是民间菜,要花时间、花心思,怀有"修行之心"才能做出地道的苏州菜。

南京美食怀旧

号称"十朝古都"的南京处处可见历史痕迹。中国第二历史档案馆使用原国民政府的二层小楼，江苏省人大常委设于原国民政府外交部，连江苏餐饮协会都坐落在原国民政府最高法院大院内。走在市中心中山北路，随处可见"全国文物保护单位"的石碑，有家宾馆叫"议事院"，也是民国建筑遗迹。

南京在百年前的民国时期其实叫"新都"，与身为元、明、清三代帝都的北京相对照。尽管明代开国建都南京，这里也有明故宫遗址等古迹，当代南京餐饮业不论字号新、老，都不约而同都打"民国牌"。

（一）家常马祥兴

七十年前黄裳在南京当记者。他回忆："每当华灯初上，街上就充满了熙攘的人声……小吃店里的小笼包子正好开笼，盐水鸭肥白的躯体就挂在案头……在夜半一点前后，工作结束放下电话时，还能听到街上叫卖宵夜云吞和卤煮鸡蛋的声音。这时我就走出去，从小贩手中换得一些温暖。"老字号清真菜馆马祥兴也在他的名作《美人肝》中露过面。

南京从明朝起就有人数可观的回族居民。《儒林外史》多次提到"教门席"，显示穆斯林菜色被普遍接受，并成为时尚饮食。民国时期，马祥兴、安乐园、绿柳居、奇芳阁并称"南京四大清真馆"。根据马祥兴餐馆的宣传册介绍，餐馆的前身是1840年河南难民马思发在花神庙摆放的无名小饭摊，服务贫民和驻扎在附近的太平天国兵士。后来，他的儿子马盛祥在雨花台回民聚集区开张了马祥兴饭馆，从当时流行的顺口溜来看，以供应牛羊肉家常菜为主，品味偏向大众，"要吃饭里面坐，小毛驴拴对过。大米饭香又白，牛肉煨得金黄色。要吃多，牛肉烧萝卜；要吃好，牛肉炒小炒"。

当然，宣传材料中也不忘强调饭馆在民国时的盛况。1925年，饭馆搬到中华门外，生意壮大，档次提高，吸引了文化精英如东南大学的胡翔东、胡小石教授。店主为他们精心烹饪加了鸡肝、虾仁的"胡先生豆腐"，因而名声大噪。谭廷闿、孙科、李宗仁、冯玉祥、邵力子、白崇禧等民国政要相偕光临。于右任还留下墨宝，题写了"百壶美酒人三醉，一塔秋灯迎六朝"的对联。马祥兴逐步开发了四大名菜：美人肝（炒鸭胰）、蛋烧卖（蛋皮裹虾仁蒸熟勾芡）、凤尾虾和松鼠鱼。美人肝传说是汪精卫的最爱，在日据时期他曾为此让司机手持亲笔手令，冲破宵禁去马祥兴拿菜。

时隔七年重返位于云南路的马祥兴，我发现总店的规模扩展了。四层小楼分为三个紧连的门脸儿：一家供应大众点心，一家是出售零秤或真空包装卤菜的"回味食坊"，中间则是点菜吃饭的"马祥兴菜馆"，分二楼大堂和三、四楼的包厢。菜馆门口的圆形拱门，门上镏金的阿拉伯文和汉字店名，进门金碧辉煌的吊灯，墙上黑底金字的于右任对联、南大教授撰写的题记，似乎都在用高档装修暗示菜馆的不凡身价。

可是食坊中来来往往、购买熟食的平民百姓，小吃部门里门外排队购买、熙熙攘攘的老少顾客，又分明显示了这家老字号在平民中仍然深受欢迎。我午饭吃得晚，没点最受大众追捧的红烧牛肉面，也未品尝"四大名菜"。但点心花样繁多，价格亲民，足大快朵颐。牛肉小馄饨和青菜白米粥价廉物美，清清爽爽。蛋黄烧卖不是贵族版的"镇店之宝"蛋烧卖，只是糯米拌酱油，外裹粽叶蒸熟，顶端加一粒咸蛋黄。大个萝卜丝酥饼与小巧玲珑的上海萝卜丝饼尺寸大相径庭，也用鸭油而不是猪油。香芋糯米糍个大馅少，咀嚼筋道，似乎多用粳米粉而不是糯米粉，也是平民食品。宣传册里的传奇故事听起来"高大上"，但马祥兴看来还得面向平民求生存和发展。

黄裳描述1945年抗战胜利后的饭馆如下：战后废墟上，饭馆用草席蒙顶，厨房和就餐区紧邻，引车卖浆者和达官贵人比肩，"包厢"不过是用几块木板稍作间隔，没有"雅座""女招待"的名堂。昏暗的店堂，老旧的桌椅，"民主"的就餐方式，友好的店主都让他想起北京的沙锅居，油然产生对"满招损，谦受益"的中国"古昔文化"的神往。七十年后的马祥兴，建筑、装修和营业额都今非昔比，除了宣传资料里的民国传奇之外，在餐馆还能品味货真价实的"古早味"吗？这样的疑问大概是所有老字号都必须面对的。

（二）鸭都新故事

大约因为凤阳出了个朱皇帝，安徽鸭在明代南京大受追捧。每年3月，冰雪消融，早知春江水暖的安徽鸭在鸭倌带领下沿江而来，挤挤挨挨，边走、边吃、边长大。到南京是五六个月后的立秋时节，正赶上桂子飘香，新鸭出笼，走进食肆、店铺、民居。南京号称"鸭都"，老百姓爱吃鸭，擅吃鸭，以各种鸭菜、鸭点心闻名中外也来源于此。

以上南京鸭的传奇是专营南京板鸭、盐水鸭的百年老字号"魏洪兴"老总曾节讲的。我做美食怀旧研究，采访过的多位各地大厨、经理、老总以及餐饮业资深人士，中老年男士居多。曾总却是个在东南大学、南京大学等知名高校受过管理学、市场学、营销学系统教育的"70后"知性美女，之前做过金融、房地产，她对餐饮老字号的看法也与众不同。

春日南京，法国梧桐绿意盎然。走进狮子桥美食街的魏洪兴门店，经过一楼的堂切、外卖部，在二楼小小的开放式办公室内和曾总访谈。她身穿杏黄碎花改良旗袍，坐在鸭业协会会长题写的"紫气东来"中堂下。桌上摆一套功夫茶茶具，沏好一壶南京特产"浦桥玉剑"茶，还打开了一小盒分切的盐水鸭：这是本店出品。接过名片，才知曾总是"南京民都记忆文化发展有限公司"的董事长，魏洪兴是她旗下一枝。

魏洪兴始建于1910年，与"韩复兴"分别称雄民国南京的城北、城南，知名大江南北。因为五十年代公私合营、南京城市改造等因素，最后一家魏洪兴在1985年关门，直到2014年曾总将其复兴。曾总坦言，她做魏洪兴"既有情怀，又看市场"。在商言商，开张前她做过市场调研，认为南京鸭有市场潜力可挖，而现存品牌无论在制作工艺还是包装营销方面都有值得改进之处。她人脉又广泛：

有与南京鸡鸭加工厂合作的经验，找到那里魏洪兴非物质文化遗产的传承人；在各大高校发掘专业人士从事相关文化研究、创意策划；还有一个她培养、带领出来，擅长营销、策划、使用新媒体推广的团队。

从2014年至今，魏洪兴在南京已开了十家门店，包括夫子庙、中山陵等的"旅游店"，在居民小区开的"社区店"，以及狮子桥这类"综合店"。他们精心打造"正宗盐水鸭""南京名片"，在原料、用工、制作方面都力求规范。鸭子统一用来自苏北黄海的一年生白皮绿骨麻鸭，而不是普通五六十天出笼的鸭子。在传承人的指点与团队的科学研发下，制作工艺也达到标准化。

魏洪兴制作盐水鸭要经过五道工序：炒盐、腌卤、晾胚、冻库和煮制。因为鸭肉性凉，需用盐、花椒、八角等炒制好的清卤祛寒。活鸭现宰后，用结晶的清卤腌制去腥，使鸭子香而不腥。晾胚则采用了制作腊肠的工艺，在阳光、清风中晾晒后又入库冰冻两天的鸭肉更紧致、香醇，也能减少盐分，适合现代健康养生理念。最后用85—90℃的水温煮鸭。魏洪兴盐水鸭制作全程不用味精，没有防腐剂和添加剂，因为不用高温杀菌，也不会破坏鸭肉的肌理口感。制作好的鸭子即便真空包装也能保证五天内味道接近新鲜制作的，但也因此成本远高于坊间出售的一般盐水鸭。

曾总对于"本真"与"市场"间可能存在的矛盾冲突别有会心。她正在筹划中的"民国记忆"店并非追求百分之百还原民国。"民国不是一个年代，而是一种人生阶段"，曾总如是说。在她眼中，民国味道代表"精致、优雅"，也代表"自由、大气"。前者可以通过生活细节如器具、服饰、化妆品来体现，可以供人静下心来体验，但这种生活方式并非"小里小气"，能适合"大场合"，给人历史和艺术的震撼。魏洪兴设计、定制的描画制鸭流程的青瓷盖碗茶具，图案素雅的礼盒，牛皮纸包装袋，吸引年轻人的伴手礼，切好分装的小包装外卖盒既体现注重细节、贴心服务的"工匠精神"，也在尝试走吸引中高端"小资"消费人群的新路。

创业不易，规范创业更不易。在复兴与创新之间探索新路的魏洪兴前景如何，我拭目以待。

（三）新字号的怀旧

南京大牌档与南京食朝汇是南京新字号餐馆中走"怀旧风"的很好例子。

大牌档走市井风。位于美食街狮子桥的店面光线昏暗，白昼也悬挂告知本店菜肴的大灯笼。店小二为中年男子，穿长袍马褂，称顾客为"客官"。二楼有包厢。一楼大堂都用木桌木凳，摆上塑料大树，店堂深处一溜窗口出售传说中的南京民间小吃煮干丝、豆腐脑、盐水鸭等。顾客中学生模样的年轻人不少，还有推着手提箱进来的，似乎刚下火车不久。大堂较嘈杂，还有人抽烟，大概接近大牌档的原始风貌。

食朝汇则偏重于"小资"人群。店面在鼓楼紫峰购物中心的商业综合体三楼，皮革火车椅，临窗能瞧见万家灯火。头顶垂挂玻璃风灯和绿色塑料藤蔓。服务员多为二十来岁的小姑娘，上身月白短袄，下身系黑色短裙，梳两条小辫，一副民国女学生打扮。时不时还有穿青花布短袄、系围裙的大娘模样的服务员手拎竹篮，叫卖"马头牌"冰砖和酒酿等传统小吃。

食朝汇的装修更高大上。商场通往餐馆前台的走廊里别具匠心地竖立起十几个连排狭长屏风。顾客走近就能看到每个屏风顶端各有一枚放大的木制"中国象棋",上面分别刻有瘦金体"柴、米、油、盐、酱、醋、茶、琴、棋、书、画、烟、酒、花"等字样。"象棋"下有一小龛,陈列器皿、食材模型,外罩玻璃。再下面,占据屏风一大半面积的是彩色海报,介绍当季菜品和特色小吃,比如红糖发糕、茶徼卷饼。顾客吃完出门,能看到屏风另一面镌刻的南京古名,如建业、金陵、秣陵、应天等,暗示南京"十朝古都"的身份,"十朝"也和店名"食朝"谐音。相应地,这里的价位也比大牌档略高。

这两家店都生意火爆,吸引本地、外地人光顾,但两者都非南京餐饮老字号。菜色大同小异,都供应盐水鸭、糖芋苗、菊花脑等,符合大众心目中对南京菜的认知,但同时又引进了改良后的粤菜、徽菜甚至川菜的小吃与菜肴,如虾饺、榛子酥、臭豆腐,以吸引口味日益开放的年轻顾客群。因此,在两家消费更多是吃"氛围",吃"装修",称之为"时尚怀旧美食"也不为过。

也许,对民国的怀旧本身就是一种时尚。历史真相并不重要,重要的是"民国"这个字眼代表的某种生活方式:精致、华丽、小资、优雅。这种生活方式当然需要中产或以上收入的支撑,但也从侧面折射出当代人对社会飞速发展的晕眩感,对宁静、丰腴的精神生活的幻想。有人说"民国不是一个年代,而是一种人生阶段",怀旧美食追求的那种"本真"更多是植根于当代社会的消费需求吧。

杭帮菜的今生前世

自从着手当代"美食怀旧"项目的调查研究，五六年间走访了江南不少老字号。以下几段记录杭州采风的点滴，描摹商业大潮中的奎元馆、知味观、杭州酒家三店如何推陈出新，求生存，更求发展。杭帮菜博物馆的建立，更让人触摸到文化资产与商业资产之间密不可分的关系。

"江南面王"

六世纪《齐民要术》中有关"水引"的记载——面团拉成筷子粗细，切成尺长，浸泡水中，再捺扁成韭叶状入锅煮熟——被公认为面条制作方法的最早记录。但三世纪束皙的《饼赋》已写到了类似面片汤的"汤饼"。如今，中国面条协会旗下百花齐放，有擀、削、拨、抿、擦、压、搓、漏、拉面等，而杭州老字号奎元馆的传统是"坐面"。

面板放在木凳上，三面凌空，一面靠墙。加碱水、蛋清、面粉后手工和成的面团放在木凳上。竹杠或棍棒一头塞入墙洞，正中压住面团。师傅坐在压面棒的另一头，脚下垫小凳，反复压开面团后又和拢。坐研半小时后，再擀面、码面、切面，最后将三分宽的面条放入"二锅"煮到八分熟，捞起过凉，盘成面结，就成了"坐杠面"。现在奎元馆用机器压面，但选用苏北强筋面粉，加碱水后放入压面机压制三四遍，达到六十厘米以上不断的标准。二锅煮面，再和浇头同煮的手法则依然保存，传承了非物质遗产"宁（波）式大面"的传统工艺。

说起面条背后的文化，奎元馆第十五代掌门人、老总叶维嘉如数家珍，兴致勃勃。叶总说奎元面"有内容"：口感筋道，煮后十分钟依旧条条分明，非糊成一团、不耐久放的"生面"可比。招牌面"虾爆鳝"更以独门秘法烹制。虾新鲜，黄鳝定点养殖，大小尺寸都有考究。虾仁水余，鳝片"素油爆，荤油炒，麻油浇"，再分"混烧"和"清烧"两种手法煮面。前者以虾仁鳝片加高汤和面条同煮。后者则盛出虾鳝，留余汤另加清汤煮面，上桌时虾鳝可覆面上"盖浇"，也可另盛"过桥"。

虾爆鳝由第六代传人陈桂芳和大厨莫金生在二十世纪四十年代开发。和苏式面浇头另煮的手法迥异，它继承了宁式面多用海鲜、面浇同煮的传统，又创新鳝片烹制，鳝虾搭配，成为奎元馆的当家经典面。曾主持淞沪会战的蔡廷锴将军一吃倾倒，题写了"东南独创"四字。著名书画家程十发称之为"江南面王"。而浙江人金庸在离家半个世纪后一连三次光顾，写下"杭州奎元馆，面点天下冠"的赞誉。坊间更有"不到奎元馆吃虾爆鳝面，就不算到过杭州"的说法。

我第一次品尝奎元馆的虾爆鳝面是两年前，当时面条形状粗圆，不是苏人常吃的银丝面。这次再吃，面条变细了，这是奎元馆根据顾客反馈调整的结果。面装在七分瓷碗中端上来，鳝片齐整金黄，虾仁白里透粉，加洋葱丝、青葱段，汤味清鲜，面条韧滑。还有一碗本地人的最爱"片儿川"，浇头为猪肉丝、笋片加雪菜，据说是发挥宋代父母官苏东坡"无肉使人瘦，无竹使人俗"的诗意。

一边吃，一边倾听专家点评，这餐吃得有声有色。叶总表示，他们"坚持本味，确定格式"，保持老店历史悠久、底蕴浑厚的风格。同时也以面条为龙头，带动不同消费群。总店一楼专卖面点、小菜，二楼是点菜吃饭的散客大堂，三楼有包厢。"众口难调，适口者珍"，他们力争通过加盟店创新、切换风格。继文晖路分店的成功后，他们正筹备在青岛开分店，因当地靠海，和宁波相似，在食材上得天独厚。

安排我在杭州访谈的餐饮界老前辈，首届中国烹饪大师、杭州点心业执牛耳者王仁孝大师解说，虾爆鳝微带甜味，而片儿川代表了杭帮菜的"咸鲜口"，和苏锡菜地域性强的"咸甜口"不同，在北方推广的余地更大。叶总还在写一本面条专著，配水墨插图，要让顾客了解什么才是好面，而不止步于追求噱头，网络跟风，在微信上放几张照片就在"精神上吃饱了"。

奎元馆的网站、宣传片CD和资料图册都制作精美，第十三代掌门人王政宏研创了铜钱状"吾味足知"的图标。如今他们又致力于引导"吃点低"的当代人群，学习鼎泰丰的运作模式，在产品开发之外也注重经营理念的更新。

谁是"江南面王"或许见仁见智，但老字号与时俱进才能永葆生命力则不言而喻。

停车知味

冬至夜，霓虹灯箱醒目，"闻香下马""知味停车"分列"知味观"大字两旁，平添了暖意。这家1913年起步的百年老店规模大，连锁多，雄心勃勃。

企划部经理甘涛是湖北人，工商管理专业毕业，在知味观工作近十年。最近知味观庆祝百年，他负责收集资料、执笔撰书，对总店百年来一直在仁和路没改过地方非常自豪。当然，绍兴落第秀才孙翼斋百年前摆的无名小摊与现在拥有六层楼的总店、西湖边高档时尚的"味庄"、杭州四五十家分店及上海分店的知味观不可同日而语。

原址靠近清旗营，属于"城里帮"餐馆，与"湖上帮"被城墙隔开。民国建立，城墙被拆，它吸引了更多顾客。1936年江青和唐纳在六和塔举行婚礼，沈钧儒是主婚人，喜筵就在知味观办。鲁迅和郁达夫也是忠实粉丝，对上海知味观分店大加青睐，多次光顾。三十年代知味观的销售额已居杭州面馆首位。但它在抗战时短期歇业，"文革"中改为只供应大众菜的"东风菜馆"，原本的西湖醋鱼、东坡肉等名菜也被迫改名。1997年后迅速发展，经过多次装修，2012年后的总店体量大，食品安全保障体系完备，还培训了大批专业人士，号称杭州餐饮界的"黄埔军校"。1999年开始连锁经营，2006年在上海开了分店，都是直营而非加盟，派自己的班底进驻，以保证品牌质量。

甘经理强调，知味观不变的是小笼包、猫耳朵、馄饨、"幸福双"豆沙包等传统产品的口味及创始人"欲知我味，观料便知"、考究原材料、自信大气的理念，但经营方式有所创新。连锁店让点心小吃走进千家万户。建立食物加工厂、品牌产品速冻真空包装出售，让知味观走向全国甚至全世界。新时代，他们又大力发展电子商务，网络销售、网上点评，微信发布。面对租金成本、人力成本大涨的现状，今后知味观还会进一步调整产业结构，追求产品标准化。

他们也研发了新产品。"大众点评网"上年轻吃客叫好的"西湖雪媚娘"脱胎于日本点心"大福"。糯米冰皮外壳，内馅包入草莓、猕猴桃等水果，外观玲珑洁白，内里酸甜适口。提供高档商务消费的味庄还开发了南宋宫廷菜，如宋代《梦粱录》中记录的"蟹酿橙"：当季鲜橙制成橙盅，当季湖蟹蒸熟剥出蟹黄、蟹肉，加作料煸炒后盛入橙盅，再取小碗，加杭白菊、醋、香雪酒，甜橙放入小碗内用纸包好，上笼蒸十分钟即可。

总店地方宽敞，装修华美，三大块连成一气。"天下第一小笼"小吃部提供快餐式服务，顾客买票，取点心，自助茶水，在大堂就餐。中间的"知味观"是餐馆。圣诞前夕，一楼大堂里圣诞树灯光华丽，熠熠生辉，旁边是集餐饮旅游于一体、提供游船宴席的"味舟"的微缩模型。二楼大堂招待点菜的散客，三楼包厢，四楼宴会厅，五楼有会议室，也可安置坐不下的散客，六楼则是办公区。出餐馆左转是点心外卖窗口和卤菜部。

入宝山不可空回。尽管没点"高大上"的名菜，我也驻足买上几种小吃尝尝。《舌尖上的中国》第二季中出场的鲜肉小笼一客八只，小巧精致。馅料酱油少、不放糖，汤汁鲜美。形似猫耳朵的面疙瘩在沸水中煮过，放入配有虾仁、猪肉的高汤煮熟，就成了"猫耳朵"。"幸福双"以豆沙白糖为馅，加松仁、金桔、桂花等辅料。婚宴上，可做成小包成对分装。咬破雪白的面皮，甜香的汁液流出，甜蜜美好，很应景。

店门外熙来攘往，三个部门都生意兴隆。当年在知味观吃一次点心相当于普通百姓半个月工资。今日车停知味观的可不只是达官贵人，更有向往品味名牌的大众百姓。

"最潮的百年老店"

杭州酒家源于1921年的"高长兴酒菜馆"，1951年改为现名，是新中国成立后杭州首家国营大酒家。环城北路改造时搬离原址，接手原太子楼酒家的地盘，2013年重新装修完毕。老总刘国铭毕业于以"红案"出名的杭州烹饪职业高中，师从杭帮菜大师、前总经理胡忠英，从事餐饮行业二十年，对老字号的前景很有想法。

他觉得，当初立足本地大众消费的老字号餐馆，现在大半沦为"旅游附带品"。老字号优势也因互联网发达正在消失。信息无限传播，专家权威遭遇信任危机，大众更愿相信微信、社交媒体的点评，因此，老字号必须重新洗牌。先要生存，再求发展，在各种背景下都能坚韧不拔地生存，就要在"老味道"和"新生代"之间找到平衡点。

他说，老字号首先要放低身段，不要自以为是"艺术家"，要当自己是"艺人"。是商品就要迎合市场，大众买账，才能生存，否则只能在官方平台上亮相。有时，历史积淀太过沉重，就像家里旧家具太多，反成为负担。张小泉剪刀，王星记扇子，"谁都不缺老东西"。现代生活节奏快，老字号需要学会放弃。六七十岁的顾客可能对老味道有感情，去老字号找寻味觉记忆。但老字号的气场太正式、隆重。年轻人出外吃饭可能只是为了有个好心情，排斥一本正经、正襟危坐的就餐方式，而追求娱乐、游戏，崇尚个性。所以，刘总立志把杭州酒家办成"最潮的百年老店"。

在保证传统产品口味"地道、纯正"外，他在营销、推广方面加入潮流元素。第一，杭州四季分明，配合现代养生需求，他们推出时令食品：春季春笋，夏季莲藕，秋季板栗、大蟹，融和传统食文化适时而食的理念和推广新产品的需求。第二，餐馆氛围年轻化，放下架子，更轻松、随意。第三，菜色呈现方面更亲民、更潮。他们是杭州第一家上线的酒家，餐桌上都有二维码，菜单能即时上线。服务员在玻璃间隔的厨房表演怎么做招牌菜清汤鱼圆，唐装"帅哥"端上叫化鸡，当场开封。

酒家升级还在进行中。一楼有棵金碧辉煌、熠熠生辉的圣诞树。等座区一边是吧台，另一边有圆凳，顾客可透过玻璃观看大厨操作。靠墙一排触屏平板电脑，顾客能边等边玩。二楼大堂保持杭州酒家原来的风貌。走廊墙上是定制的"功夫料理"彩绘漫画，画中人拳打脚踢，英姿飒爽。大堂区像台中夜排档的格局，橘红灯光，方桌方凳，天花板上悬挂的装饰性雨伞朵朵开放，墙上还有呈现厨师做菜现场的投影。三楼"1921湖景餐厅"是包厢，装修打怀旧牌。走廊里有青花瓷等装饰，房里摆放深色实木家具，落地长窗正对西湖，湖光山色尽收眼底。客厅一角的茶几、沙发椅更营造了居家私房菜的气氛。

店外每天排队热卖的"南方迷踪大包"最早在南方大酒家卖，

现在是杭州酒家外卖文化的一部分，因无宗派而起名"迷踪"，让人想起霍元甲的迷踪拳，也许这是店里"功夫料理"漫画的灵感来源吧。正在筹备中的"九加宝"（谐音"酒家堡"）是路边快餐小吃店。"九个加"是最好的意思，卖"中国汉堡"，年初开业。总之，刘总的设想是食材、味道不变，但尽可能好玩，吸引年轻顾客。

2014年12月采访的三家老店同属国有杭州饮食服务集团，当家人八仙过海，各显神通。但总的来说，他们的共同战略是"高大全"，通过连锁加盟、菜品标准化、经营多样化扩张老字号，希望将不同类型的消费群体一网打尽。这固然是适应当前大众旅游兴旺的实际情况，但我也有隐忧。经典美食通过机器批量生产，老字号岂不成了升级版的麦当劳快餐店？当然，美食家看来是失去个性、流于平庸，百姓眼中可能是零距离接触名牌的新鲜经历，这要看老字号到底怎么为自己定位了。但愿经过一段探索期，老字号餐馆能各得其所，在追逐利润和保存文化之间找到平衡。

杭帮菜博物馆

从前看《东京梦华录》《武林旧事》等记录宋代饮食文化的著作，美则美矣，总遗憾无法看到实物，自己的想象力有未逮。这次到杭州参观中国杭帮菜博物馆，又在那里吃了精致晚餐，庶几弥补了这个缺憾。

博物馆坐落在南宋皇城遗址旁的江洋畈原生态公园，南临钱塘江，北傍莲花峰，西连虎跑泉，东靠玉皇山、八卦田，毗邻西湖。生态公园原本用疏浚西湖挖出的淤泥堆积成山，造景而成。我们去的那日春寒料峭，感觉寒恻恻的，但空山新雨后，格外清新。车子开上山路，停在博物馆前。此馆由浙江工商大学中国饮食研究所所长赵荣光主持设计。馆内陈列大量图片与古、近、现代的文物，并附文字说明，还提供智能讲解器。参观者戴上耳机，在某个展区停留十秒以上，针对那里的解说就会自动开启。

陈设包括十个展区、二十个历史事件的场景复原，梳理了上至良渚文化，经过秦、汉、三国、南北朝、唐、宋、元、明、清等不同历史阶段，下至民国和当代的杭帮菜传承、发展的脉络。这里有唐朝白居易、元稹在杭州送别吃船席的微缩模型，灯火昏昏，别有一番朦胧诗意。宋人爱吃的"牡丹鲊"原来就是用腌鱼切成薄片后做成牡丹花形状，玲珑剔透。明代于谦小时候包粽子的雕塑点明他对屈原精神的传承，把吃食和家国兴亡联系在一起了。清代满汉全席的模型展极尽奢侈，与现代浙江文人相关的美食韵事则尽显杭帮菜的书香雅致。

从历史发展来看，杭帮菜一直保持了偏重新鲜地产蔬菜（如竹笋、雪里蕻）与水产的传统，点心方面又吸收了宋朝南迁后带来的北方菜特色。当代公认的杭帮名菜，如东坡肉、炸响铃、叫化童鸡、西湖醋鱼等，都有同等大小的模型展览。另外，博物馆对《山家清供》《闲情偶寄》《随园食单》等古代美食文学著作中记载的菜色都做了相应复现和陈列。杭州人爱吃的咸蛋、春笋、蚕豆等家常菜历历在目，直观鲜明。

参观结束，我和美国学生、教授、记者在此晚餐。博物馆共三家餐厅：东坡阁、杭州味道、钱塘厨房，规模从小到大，从会所性质到提供三五席乃至上百桌的宴会服务，同属杭州餐饮服务公司。

听说生态公园平日还有打豆浆等室外互动活动。到这里参观的游客可吃，可看，可游，真是服务一条龙。我事先通过杭州餐饮业人士，定下用餐标准，安排好了菜单。所以，我们一行二十人刚进杭州味道，凉菜、热菜就"川流不息"地送上来了。博物馆的王芳副总亲自为我们解说，让人领悟到这里的菜品在传统中又见新意。

比如，冷菜除了传统的油爆虾、糯米糖藕之类，还有用葫芦丝染绿做成的"丝丝（事事）如意"，形状像用面条做的中国结，加花生酱做调料。热菜中有G20峰会上用过的鳕鱼球、咖喱虾球，为的是适应西方人食用鱼虾不会拆骨、剥壳的习惯。叫化童鸡改名吉祥如意鸡，用荷叶包裹，现场拆封，兼具表演性质。味道厚重的东坡肉则加了白面馍和青瓜丝拼盘，去腻清口。当令菜蒸双鲜食材为春笋和雪里蕻，看似朴素。桃花鳜鱼用鳜鱼段清蒸，四周围上一圈象征桃花的粉红虾饼就让学生赞不绝口了。杭州小笼包自然是招牌点心，但金黄的油炸大麻球加一圈绿、紫、黄三色相间的莲花酥拼成的"花好月圆"更令人惊艳。

这次杭帮菜博物馆之游，看、听、吃三管齐下，更加深了美国学生对中国饮食文化的了解。

"天堂"老字号

俗话说"上有天堂,下有苏杭"。地处江南的苏州和杭州风光优美,民生富庶,饮食文化也遐迩闻名,别有一功。外地游客暂时驻足,可能来不及领略当地人朝朝暮暮、柴米油盐的日常饮食,但对如雷贯耳的老字号不免好奇。以下就是我在杭州、苏州采风时的记录。苏州得月楼一行,更是带了初次到访中国的美国学生与美国同事一起,格外有意义。

邂逅楼外楼

江南三大老字号菜馆是无锡迎宾楼、苏州松鹤楼和杭州楼外楼。前两者我较熟悉,楼外楼却一直无缘识荆。这次有口福,在始建于道光二十八年(1848年)的楼外楼吃了顿饭。饭店坐落于杭州西湖边的孤山脚下,一座两层小楼,门面挺大,房顶是飞檐翘角的传统建筑样式,从外观看并不豪华。一进门,就看到圆柱上金字刻写的诗句"山外青山楼外楼,西湖歌舞几时休",点出店名的出典。再往里是一人高的石膏宋嫂像,纪念楼外楼看家菜西湖醋鱼传说中的创始人。

登楼而上,板壁上展示着木雕《东坡浚湖图》,纪念九百多年前苏东坡发动二十万民工疏浚西湖、筑苏堤、建六桥的丰功伟绩。二楼有个大平台，遮阳伞下，一张张小方桌正对着孤山、西湖，果然是美景美食，两全其美。我们人多，只好在室内的圆桌旁就座。大厅屋角有大理石屏风装饰，墙上张挂大幅牡丹写意，还贴着"文明用餐"的提醒：不酒后驾车，不劝酒，不浪费，可能是"光盘计划"的流风所及。这个菜馆是落第文人、绍兴人洪瑞堂所创建，以湖鲜和杭帮菜著称，兼及其他传统浙菜，但如今菜单上也有鲍、参、翅等高档海货和麻辣川菜。菜色右侧的价格用白纸条反复贴过，大概是价位时常改动之故。

我们当然对传统菜最感兴趣。这次点的"名菜"有：干炸响铃、西湖醋鱼、东坡肉、龙井虾仁、西湖莼菜羹，另外还有三个炒菜：荤素四样、上汤苋菜、素鹅和一碗杭州特色的"片儿川"（就是雪菜肉片汤面）。叫化童鸡也是他们的招牌菜，饭店外还有个外卖的炉子，我们担心禽流感，没有点。

那天不是周末，我们中午十一点左右就到了，店堂不算拥挤，但基本上座无虚席。上菜很快，每个餐盆边缘都贴有一张小纸条，写明厨师的代号（如"宴厨3号"），倒也方便清楚问责。炸响铃是豆腐皮小卷油炸后蘸酱食用，口感松脆，但滋味都在酱中。龙井虾仁用清炒河虾仁加上几片龙井茶叶，菜盘中另有一小碟红烧虾片是虾仁剁碎拌面粉后走油、红烧的。父亲抱怨颜色不如水晶虾仁洁白剔透，而且龙井的香味没吃出来。东坡肉装在红棕色小罐中，一罐一块，打开盖子，除了一块二寸见方的红烧五花肉，还有一根青菜，肉有点偏硬，味道偏咸，不如苏州的酱方酥烂入味。

招牌菜西湖醋鱼我们吃的是最贵的笋壳鱼，一斤二百零八元，我们那条一斤三两，所以要二百六十八元。当地朋友说醋鱼的做法很简单，就是活鱼洗净，下开水汆熟，绍酒、醋、糖等调料另外煮开，浇上鱼身即可。传统用草鱼为原料，楼外楼引进这种食肉鱼，在店外湖边专门设立活鱼养殖的小池，是因为它肉多刺少，适合不太会吃鱼的中外顾客。我们点菜后服务员曾把活鱼交给我们过目，是灰黑滚圆的一条。端上来的成品吃口新鲜、清淡，别具风味，但似乎不值二百多元的价格。

同行者认为楼外楼性价比偏低，有盛名之下，其实难副的嫌疑。但我猜许多地方的老字号都有这种趋势：本地人少光顾，主要吸引慕名而来的外地、外国人。本地人点菜以家常实惠为要旨，不会像外地人那样专点昂贵的"名菜"。而且，分店越开越多，滋味却越来越差，老牌子不免"做坍"，让人遗憾。

做客得月楼

清人顾禄的《桐桥倚棹录》描绘苏州声色犬马之娱的盛况，提到虎丘山下的饭馆以斟酌桥旁的三山馆和引善桥旁的山景园最为出名。两者址连塔影，门停画舫，屋近名园，生意极好。三山馆所卖满汉大菜及汤炒小吃多达一百四十九种，点心多达二十六种。"菜有八盆四菜、四大八小、五菜、四荤八拆，以及五簋、六菜、八菜、十六碗之别。"一家酒楼的名堂就这么多，难怪顾禄引沈朝初《忆江南》云："苏州好，酒肆半朱楼，迟日芳樽开槛畔，月明灯火照街头，雅坐列珍馐。"惜乎太平天国时毁于兵火。这次带美国学生参观老字号得月楼，多少捕捉到了当年苏州菜的余韵。

观前街太监弄的得月楼总店是个飞檐翘角、粉墙黛瓦的古典两层小楼，行人远远就能看到店外嫦娥奔月的灯箱。大门口的招牌红底金字，二楼窗外的则黑底金字，写的都是"得月楼"。门外还有红底金字的行书对联："吴地明厨远来近悦，琼楼玉宇醉月飞觞"。走进大门，右手是大堂。迎面是"左右开弓"的红木楼梯，通向二楼的包厢，半楼金碧辉煌的青绿山水画很有气势。

我们一行十八人一进门，周静嘉总经理就请我们进二楼包厢。然后，她先介绍餐馆历史，再请厨师长点评当晚菜色。得月楼最早建于明嘉靖年间，位于虎丘半塘野芳浜口，为盛苹州太守所筑，距今有四百多年历史。周总特地找出明代戏曲作家、苏州举人张凤翼曾赋的《得月楼》诗"七里长堤列画屏，楼台隐约柳条青。山公入座参差见，水调行歌断续听。隔岸飞花游骑拥，到门沽酒客船停。我来常作山公醉，一卧垆头未肯醒"，还让我帮着翻译。

《桐桥倚棹录》载，得月楼位于山塘河的半塘桥和普济桥之间，与虎丘隔河相望，山水交融。文人雅士泛舟运河，往往在此逗留，喝上几杯。包厢墙上金碧辉煌的壁画就记录了当年人头攒动、客似云来的盛况。得月楼后来搬到石路，1982年在观前街恢复老字号，2006年转制，现为股份制公司。接着，厨师长为大家介绍苏帮菜特色和当晚菜色。这位中国烹饪学会认证的大师强调，苏帮菜的三大特点是：非时不食，咸中带甜，吃火候。常用炖、煨、焖、蒸等方法，船菜、船点也是一绝。美国学生好奇木船上烧菜会不会起火。专业人士答，当时用小炉灶、木炭，很多菜事先准备好大半，到时只要加热就行了。

当晚菜色都是苏州这个季节的特色菜。凉菜中的拌马兰头，热菜中的火（腿）丁蚕豆都用了春天才有的食材，清鲜可口。荤菜中，樱桃肉是春天独有的红烧肉（冬天则要吃蜜汁火方），不仅色泽艳红讨喜，而且肉皮上画出樱桃大小的形状，周围用碧绿的草头作为陪衬。尝一块，肥肉细腻，瘦肉软熟，不油不柴，火候恰到好处，浓郁入味。松鼠鳜鱼是招牌菜，酸甜适口，全无腥味，学生吃得赞不绝口，说远胜在南京吃过的松鼠鳜鱼。

另外，还有两道鸭菜。香酥湖鸭用鸭肉腌制后先炸再炖煮，烂熟入味，还用一圈白面馍馍围住，同吃可解腻。甫里鸭羹是得月楼的特色菜，鸭肉切成小丁，加荠菜末同煮，美国同事特别喜欢。菜色的装盘也经过精心设计。搭配深棕色照烧牛肉粒的深红"玫瑰"，加荸荠、鸡头米、菱角同炒的白色得月小炒所配的粉紫"蔷薇"、翠绿的蚕豆配的橘红"小鸟"，都用萝卜或胡萝卜雕刻而成，不但和菜的颜色相得益彰，主题也对景。点心中，鱼肉春卷小巧玲珑，馅心包入鱼肉，外面洒上芝麻，好看又好吃。上过《舌尖上的中国》第二季的玫瑰小方糕名不虚传，洁白的外皮中透出艳红，馅心细腻甜美，让本来就爱甜食的美国学生意犹未尽。最后端上来的扬州炒饭内容丰富，色泽艳丽，可惜大家都吃不动了。

吃完晚餐，得月楼老总还给每人赠送精心打印的当天菜单和介绍餐馆的CD各一份，我们也回赠为这次美食游特地设计、制作的T恤衫，并和周总、大厨合影留念。周总热心，指出一条从饭馆走到平江路的近路。我们得以在运河边消食、散步，在桨声灯影中结束了苏州游的完美一天。

当"传统"成为卖点

据说康熙皇帝第三次南巡时,曾奇怪苏州人"每日必五餐"的习俗,认为是"以口腹累人"。但《清稗类钞》中又纠正说,其实苏州人早、晚两顿吃粥和泡饭,只有中午一顿正儿八经吃饭、吃菜。苏州人究竟一天吃五顿还是一顿?以上迷惑与苏州丰富的小吃文化有关。朱军在《小吃记》中说苏州饮食文化的传统是"寓乐于吃,寓文于食,在吃中感受生活情趣",斯言诚然。当代苏州的餐饮也在不同程度打"老苏州牌"。以下两家,一是历史悠久的老字号、大饭馆,另一个是"小荷才露尖尖角"的新字号面馆。尽管规模、菜色、经营方式有别,店家却不约而同地将"传统"作为卖点。

石家饭店

寒露过后,我们一家三口再加上父亲的两位"驴友"从无锡坐动车去天平山赏枫。不料车到苏州,天降大雨,我在公交车上看得暗自心焦。一个半小时后,车到了木渎严家花园站,已将近十一点,幸好雨止转晴。我们临时改变方案,决定先吃午饭。

问讯后走了几分钟,就到了木渎镇外、灵岩山麓的石家饭店。一个月前,我九十多岁的老祖父由叔叔、姑妈等人陪着来这里吃过饭,观感不错。苏州人叫它"新石饭店",因为木渎古镇上另有石家饭店的总店。民国政府元老于右任1929年在广福看桂花后来此就餐,曾题诗曰:"老桂花开天下香,看花游遍太湖旁。系舟木渎犹堪记,多谢石家鲅肺汤。"于是这个饭店声名大噪。日后不仅有"土著"费孝通寻根究底,考证于老的秦腔是否弄错了鲅鱼和斑鱼的发音,更有台大食物史教授逯耀东探幽访旧,搜求历史的真相。

我们去的这家饭店一色新装修,三层小楼,配上巨大的停车场,不复开设于乾隆年间的百年老店"叙顺楼菜馆"(石家饭店旧名)的面貌。进得门去,大厅里依旧醒目地挂着于老的题诗,但并非真迹。饭店铺得很开,有几个大厅,分别以姑苏典故或风景命名,比如,"屧声廊响",出典于吴王夫差在馆娃宫为西施造的长廊。

坐定之后,服务人员送上菜单,我们点了几个苏州老式菜:清炒虾仁、响油鳝糊、三虾豆腐、酱方和清炒金花菜(苜蓿),另叫了一个卤水拼盘,每人一盅鲅肺汤。几个菜色,虾仁选用淡水虾,粒粒洁白圆润,个头不大,但货真价实,只是火候有点过。金花菜油多,让人看了发怵,吃了起腻。响油鳝糊不错,鳝丝新鲜,滋味浓郁。三虾豆腐据说加了虾仁、虾子、虾脑与豆腐块同煮,老实说,盛名之下,其实难副,未必比得上家里母亲做的红烧豆腐。

酱方倒带给我惊喜。本来以为这道菜大概浓油赤酱,样貌近似于东坡肉或樱桃肉,滋味可能和无锡排骨差不多。端上来一看,正中是一方连皮猪肉,但酱色清淡,不是想象中的黑红色,器皿四角分别塞了一个碧绿的青菜心。肉皮朝上,服务员预先用刀切成小方块。挑开肉皮,下面的五花肉还带有软骨,像是蹄髈的部位。肉汤里另有薄薄的几片火腿。夹了一小块一尝，没有无锡排骨那么甜，但瘦肉柔嫩不柴，肥肉软烂不腻，肉皮弹牙滋润，火候恰好。

至于久闻大名的鲃肺汤，其实是斑鱼肝做的。一盅四十五元，价格不菲。据说每份要用一条鲃鱼的肝、肉和皮。服务员指点我们，先把鲃鱼的肝捞出，等它渗出鱼肝油再食用。但要趁热喝汤，吃鱼肉、吞鱼皮养胃。她忠告说，吃肝的时候，不要用牙咬，要用舌尖吮吸，才能体会它的妙处。小盅里汤清鉴人，浮动着一块鱼肝、一块鱼肉和一卷青黑色的鱼皮，另有两小薄片火腿和几方笋丁、香菇丁。汤、肉味鲜，囫囵吞下的鱼皮有刺，父亲说像河豚鱼。鱼肝肥厚细腻，有鹅肝的风味。

李渔的《闲情偶寄》中说斑鱼产于"吴门、京口"一带，"状类河豚而极小者，俗名'斑子鱼'，味之甘美，几同奶酪，又柔滑无骨，真至味也"。袁枚的《随园食单》中载："斑鱼最嫩，剥皮去秽，分肝肉二种，以鸡汤煨之，下酒三分、水二分、秋油一分；起锅时加姜汁一大碗，葱数茎，杀去腥气。"逯耀东考证，斑鱼桂开时节游于太湖，花谢就无影无踪。于右任诗中将赏桂与品鱼联系在一起，很有道理。今年桂开三度，至今甜香充鼻，无怪乎中秋过去了将近一个月我们仍旧吃到了鲃肺汤。苏州人讲究非时不食，我们比春天来江南、和鲃肺汤无缘的逯耀东幸运了。

"御面"家庭

首次听说"御面"的名号是在 2013 年。当时网上炒得很火，说这家苏州面馆"一天只卖四十碗"天价面条。我不是汤面的"铁杆粉丝"，当时看过就算，并无尝试的兴趣，还怀疑他们哗众取宠。

2014年底回国，因为做"美食怀旧"的研究课题，走访了好几家不同的面店，这才兴起去一探究竟的念头。不料苏州亲戚又说面馆搬到园区去了，地址不详，和老板通了电话，才知道还在原处。

　　面店地处苏州嘉余坊，附近都是五花八门的各色小饭馆，因为"枫镇大面"上了《舌尖上的中国》第二季的同得兴面馆总店就在斜对过。三层小楼，两开门面。门楣上面店大号"御面斋"，门口飘扬的杏黄小旗上写的却是"名苏楼蟹黄"，后来得知"名苏楼"是原定的店名，但在工商局无法注册，所以改为"御面斋"。一楼店堂不大，只有五张小方桌，装修却雅，墙上挂了好几张写意花卉。门口柜台后的墙上挂了一溜水牌，标明汤面的品种和价位。最便宜的大汤黄鱼面、瑶柱鸡丝面、蟹粉狮子头面都是五十八元，最贵的松茸鲍鱼面一百八十八元。另有鸿运猪手面、手剥虾仁面、海鲜面、蟹粉面、湖南草鸡火腿面等，价格从五十九元到八十八元不等。澳洲龙虾面则要预定。

　　我们去了二楼包厢。两小间隔开，外间摆小方桌，内间则放小圆桌，桌上各有一套功夫茶茶具。宫灯吊灯、寿字壁纸、桌台上的瓷瓶、茶几上的兰草，都透出高雅古典的气息。正午的阳光晒入南窗，屋内明亮温煦，不似冬日。等了一刻，我们的面条端上桌来。虾仁面"过桥"，清炒河虾仁另放一小碟，个头虽小，鲜亮圆整，上面还放了一撮干贝丝。黄鱼面则"盖浇"，去骨黄鱼肉段洁白柔嫩，泡在面汤里，洒了不少青葱，好像还有几丝雪菜。野鸭面盛在砂锅里，有小半只，带翅膀和腿，走油后再红烧。瓷碗、砂锅宽汤，汤色清，汤味鲜，口味略咸，面条细健，是苏人爱吃的"断生"

银丝面，上面还飘了几朵鲜绿可爱的小青菜。母亲好奇，特地点了苏州亲戚赞不绝口的猪手做浇头。一碟四块，是一个猪蹄斩开后加料蒸熟的，酥烂味厚而不油腻。

老板王仕谦才三十岁。他说，他的母亲任晓晨祖上是生产面条的世家（店名"御面"暗示继承发扬荣耀家世的目标），也从事过餐饮业。他们父子吃饭挑剔，她专心中馈，精于烹饪，又把给家人做菜的心思用到生意中，经营理念是健康、精细、保持原味、品质至上，哪怕利润率偏低。面条不放碱，加鸡蛋、鸭蛋、盐定制。汤头每天早上两三点起床熬，不放味精。浇头独创，力争和苏州其他几千家面店不一样。食材精选，东海野生黄鱼、新鲜活拆的蟹粉和虾仁、野鸭、草鸡等都定点专送。

任晓晨女士刚过半百，虽未从财会岗位上退休，但一直是御面斋大厨，一边也将烹饪技艺传授给儿子。房子是自家的，不用交租金，另请了一个帮厨和一个保洁员。他们每天只做早、中市，到下午一两点，高汤用完了就收工，除非有老客人事先预定。她用小锅煮面，每下四碗面就要换水，"每碗都是头汤面"。浇头一碗碗分别做，就像给家里人做饭，真材实料、干净健康，老人、孕妇都说吃了放心。现在光顾的不只苏州本地人和附近的上海、无锡、常州客，也有山东、北京来的北方人以及美国、加拿大、日本、马来西亚的顾客。

她起初创建这爿店是因儿子希望自主创业，她来帮一把。限制规模是为保证质量。开张一年多，他们不想赚大钱，只求一家老小生活无忧。因为一切都是母子亲力亲为，"用心在做"，精力有限，他们不接受连锁、加盟，也不打广告，主要靠吃客口口相传。

在国内"百年老店"多通过连锁经营扩张规模追逐利润的背景下，御面斋这样注重品质的家族小店难能可贵。西人说，小的是美丽的。国人说，宁为鸡首，无为牛后。与其人云亦云，千人一面，不如打造自己独特的"小景致""小精品"。但无可讳言，老板也有意识地将"家族传统"开发为文化资源，以吸引对"小景致"感兴趣、生活优裕的消费者。

无锡餐饮"老中青"

民国时期有"小上海"之称的无锡其实早在时间的长河里建立了自己独特的饮食风味和烹饪传统。二十一世纪以来，餐饮业受到市场经济大潮的冲击，如何将老字号发扬光大，让新字号脱颖而出，是业界人士为本行业、为个人定位时无法回避的问题。以下三个餐饮店家，从老、中、青三个年龄段，从酒席、正餐到小吃，从不同角度追求突破，有的比较成功，有的不尽人意，但都有一股奋发向上的劲头。它们目前的状况也不一样，小吃店因为地价上涨、租金太高已经歇业。但曾经存在，就该在岁月中留下个剪影，是为记。

三凤桥大排档

三凤桥是无锡的老字号饭馆，招牌菜肉骨头（酱排骨）可以上溯到清光绪年间（1875年前后）无锡南门的莫盛兴饭馆。1927年，三凤桥肉庄的前身慎馀肉庄开张，酱排骨的做法也逐渐演化为用猪肉肋排或草排，配上八角、桂皮等多种香料，运用独特方法烹制而成。我们去市中心的老店吃过几次，饭菜、点心都尝试过。这次父亲的朋友请我们去三凤桥大排档吃饭，我本来以为在老地方，不想却另开在火车站附近的工运路，原第二百货商店的五楼。听说这是老字号转变经营、拓展市场的尝试。冠以"大排档"之名,非指格局布置,而是表明价格亲民,惠而不费。店家声称,这里百分之七十的菜品价格都低于三十元,午餐人均消费在十五元左右,家庭晚餐和夜宵人均消费也只是五十元左右,婚丧喜庆宴席的单桌价格低于一千元。

三凤桥大排档的地段不算最好,虽然离火车站近,车流、人流大,但周围小饭馆、小摊林立,环境差强人意。我们上电梯到了五楼,才发现别有洞天。这个饭馆占了整层楼面,一共四千平方米,分大堂区(他们叫"明档区")、包厢区和承办宴席的酒席区。大堂里摆着四人、六人的方桌,灯火通明,生意不错。向右转弯,左边是用古色古香的书架隔出的酒席区,右边是一个人造景区。头顶天窗采光,上百个画轴平铺展开,悬在梁上。隔了塑料堆砌的翠竹梅花、小桥流水,一堵粉墙上画招牌菜酱排骨、清炒虾仁、小笼包,隐隐可见"三凤桥大排档"的金字碑。这个小景观既点明店家名号,也将右边的厨房、办公区与用餐区隔开。

再往里就是包厢区。十二个包厢都以无锡老街命名,诸如棉花巷、新街巷等都是我小时候熟悉的地名。包厢里是十人的大圆桌,装修也淡雅。只是规定了最低消费,每人至少八十元。我们只有六人,点菜时服务员希望每人至少消费一百元。我们点了五个凉菜:酱鸭、拌萝卜、拌黄瓜、木耳拌山珍、梁溪脆鳝。热菜有清炒虾仁、酱排骨、什锦面筋、清炒菜心、荠菜鲜贝、糟熘鱼片,另有鱼圆菌菇汤,青团和玉兰饼两道点心。

脆鳝是无锡特色菜,据说从太湖船菜衍生而来。鳝丝经过两次油炸,浇上酱汁,做出尖塔造型,最后在顶端加一撮嫩姜丝。这里的鳝丝太粗,像鳝片,也不够酥脆,且味道偏甜,但价格不菲,要九十八元,是最贵的一道菜。凉菜中的黄瓜和萝卜片都偏咸。清炒虾仁鲜嫩,一两十四元,比总店一两十五元便宜。什锦面筋(二十八元)、酱排骨(十一元一块)是招牌菜,做得中规中矩,也比总店便宜。但服务员再三推荐的荠菜鲜贝就太一般了。盘中颜色青白,看着清爽,可惜鲜贝太少,大多是切成小块的宁波年糕,鱼目混珠,不够实惠。两道点心倒做得很细致。玉兰饼是无锡特色点心,鲜肉糯米团放进热油炸熟,皮脆壳薄,样貌周正,比坊间卖的精巧。青团就是青色的豆沙糯米团,口感细腻。

这餐饭不含酒水,一共吃了五百多元,比在总店消费便宜。菜色分量较足,味道不算顶尖,但还合乎期待。环境、菜肴、服务各方面综合考虑,应该算比较高档、实惠的家常菜,但与"大排档"所暗示的价位存在落差。看得出来,店家在努力吸引年轻的消费群体。他们以"老字号、新味道"为号召,保留了无锡特色如酱排骨、清炒虾仁、银鱼炖蛋以及阳春面、酒酿小元宵、玉兰饼等地方小吃,但在烧烤、甜品、点心、小吃上则引入了川菜、湘菜、粤菜乃至日韩料理的餐品,还设立了免费上网区和时尚杂志阅读区。

老字号在新时代如何做活、做好,还需要好好研究,三凤桥算是迈出了第一步。

郁膳房:新字号,老味道

女老板郁蕊华是我高中同学的小学同班同学。2015年12月初次见面,是因为高中同学聚会选在她的饭馆。早听说她的餐饮生意十年前开张，主打锡帮菜，在本地很有口碑。这次得知老板居然是同龄人，更有兴趣听到她的故事了。

2015年的最后一天，从台湾出差回家的我和港澳游刚归来的她终于有时间坐下来，在她的饭馆细谈。她让同为无锡人的中餐行政大厨朱建平安排了几个菜：清炒蟹粉、冬笋雪里蕻、水芹干丝、"吊鸡露"（干蒸母鸡）、干烧臭鳜鱼和水煮鱼。前四道是本地家常菜，最后两道则是饭馆开拓新路的尝试。

干烧臭鳜鱼是徽菜。和一般店家用事先腌好的半成品不同，他们购买鲜鱼自己腌制后再烹饪。盘中整鱼头尾俱全，外观金黄鲜红，夹开后白色"蒜瓣"肉紧致咸辣，为适合本地口味略增甜味，十分下饭。水煮鱼是川菜，粉条豆芽辣得够味，但用料新鲜，鱼块口味清爽。几道本帮家常菜食材不简单，烹饪不马虎。蟹粉是正宗淡水蟹活拆，鲜香味腴。冬笋是时鲜，加雪里蕻咸菜清炒，鲜上加鲜。吊鸡露用小母鸡干蒸而成，黄澄澄的清汤特地盛放在小时候家里放菜的搪瓷缸里。虽是怀旧菜，但对照现在饭馆传统食材难得、原料质量下降的总趋势，何尝不是反快餐文化的创新呢。

御膳房的菜色、装修无处不显示了推陈出新、传承与创新结合的理念。我们在晏遇厅吃饭，这里原本是餐馆背后一座两层楼的洋派红酒屋。一楼尚有吧台，仿真壁炉上方摆放红酒瓶装饰，墙上挂油画，门口庆祝圣诞的字样还在。一楼包厢的墙上张挂民国女子的月份牌画。老板说，过了元旦要重新装修，适合餐馆的转型。青花瓷"八大碗"的本帮土菜仍是保留剧目，但要吸收中餐其他派系的菜色，也开始供应西餐。只是他们不经营如今商业综合体流行的"时尚菜",在食材档次、质量上绝不敷衍。

晏遇厅与主楼通过楼梯在后背连接,共享一个厨房。悬挂启功手书"御膳房"匾额的主楼是市级文物保护单位,始建于1928年,原是本地民族资本家周家的鼎昌丝厂,新中国成立后改为国营无锡缫丝一厂。清水砖墙、红砖烟囱的外观民国范儿十足,室内装潢也打怀旧牌。楼梯转角处摆个古色古香的药柜(饭馆供应营养药膳)。二楼大厅建了"和平剧社"的戏台,每周六晚现场表演话剧小品。包厢里的纱布窗帘后,工笔仕女图若隐若现。进门处的实木多宝格偏又放置了几小盆绿色多肉植物,给冬日平添一丝俏皮活泼。

郁总从纺织业做起,后来搞房地产,现在又做餐饮业,衣食住行皆有涉足。目前名下共四家店,对外开放的除了这次参观的晏遇御膳房总部,更早开张的是位于无锡城郊接合部的绿岛漫渡庄花园餐厅,也是我们高中同学聚会的所在。另外承包了两家事业单位的餐厅,一家在市民中心,另一家在市劳动保障局。店里的大厨、主管都在本市老字号三凤桥大酒店、梁溪饭店工作过多年。老板的先生"小武哥"(李毓武)则曾是五星级酒店浸淫西餐二十年的大厨,一手烤全羊惊艳四方。

从业十几年,郁蕊华写文、开店、云游四方,事业辉煌而生活丰富。她笑言当年开饭馆是"受了朋友骗",能坚持下来是不服输的性格使然。其实,她家学渊源,父亲善于写作,母亲精于烹饪。她拥有味蕾敏锐的舌头,又一向慷慨好客,热衷于发掘传统饮食文化。御膳房这家"有文化"的饭馆能经营得有声有色,是她的天分、毅力、创意和热情的最好见证。

寻找苏式面

父亲大学毕业后在无锡工作了将近半世纪，对家乡苏州的汤面却依然念念不忘。我每次从美国回家度假，他都要告诉我最近又新开了什么好面馆。最近，他在报上看到无锡"小木桥面馆"开张，供应"苏式面"，二十多种浇头都是现炒现煮，赶紧和我一起前去一探虚实。

面店在梁溪大桥下的五爱路上，虽然只有一开门面，但门外人来车往，市口很好。店堂里左右靠墙各有五六张红漆长桌，两边各有一张长木凳，每边多则坐三人，少则坐一人。桌上有筷筒、醋瓶、辣酱缸、牙签筒，麻雀虽小，五脏俱全。墙上悬挂的镜框里是展示无锡旧貌的黑白照片，既有水乡常见的小舟木桥，又有闹市熙熙攘攘的镜头，很有味道。

门边柜台上方的塑料牌列出供应的食品，上边一排是各色盖浇面的价格，最贵三十元，最便宜七元，荤素都有。下面一排左手是浇头和小菜的价格，右手则有皮蛋瘦肉粥、砂锅馄饨等其他小吃以及饮料，包括店家自制的绿豆百合汤和南瓜汁，还有鱼丸、鱼卷等外卖冷冻食品。店堂深处是厨房，上悬木匾，写有"小木桥面馆"五个字。窗边放托盘、碗盏，还有手写的"免费自加香菜、雪菜"字样。

我们点了最贵的"特色虾爆鳝"，每碗三十元。付款后，我们把红色塑料牌放到选定的桌上，等服务员送面。塑料牌上除了数字，还有这样一句广告词："二十四小时熬制高汤，碗碗现炒现卖"。少顷，服务员端上来一个大汤碗，汤色有点发浑。面挑开足有三四两,细白绵长,倒是苏州面的样貌。再仔细分辨一下,原来浇头有三种:一块黄澄澄的爆鱼、炒河虾仁、炒鳝片,不是我想象中的虾仁爆炒鳝背,分量也很足。尝一口,面汤口感浓郁鲜美,面条柔韧筋道,爆鱼入味,但鳝片和虾仁较淡。

我们问,为什么不将浇头另外放在小碟子里,让顾客吃"过桥"面?收银的女老板解释,他们苏式面的做法别有一功。先用鳝骨、鱼骨、肉骨一起炖煮出高汤,顾客下单后,他们一份份做,把浇头放进高汤煮开,然后再加入另下的汤面。原汤虽然一样,但浇头不同,面条口味就不一样,听来像老式"烂糊面"的做法。她也说,吃惯了苏州、无锡面的顾客看到这样的吃法总要发问,她每次都要向新顾客解释。他们每天早上四点半起床,六点开门,除了下午休息两小时,一直要做到晚上,原汤全部卖完才关门。卖得最好的是"特色三鲜面",十八元,包括鱿鱼、鱼片和肉丝三浇,素面中"双菇素面"最受欢迎,因为价廉物美,带有蘑菇和香菇特有的鲜味。

女老板二十多岁,身怀六甲,但神采奕奕,面色红润,身上的T恤衫写了"Fils et Papa Forever"几字,英法混合,是"永远父子"的意思,是个时尚的准妈妈。她说,再过一个月就要生了,现在来店里收银只是帮帮忙。她又主动介绍,本来在家开网店,可是整天坐在电脑前,把身体搞坏了。后来,她二十六岁的先生特意去学苏式面的做法,做起了面店生意。他们原在无锡新区开店,后把那家店托给外地来锡打工的公公、婆婆,小两口到市里来做生意。这家店雇九个人,店面每年要付租金二十八万。正说话间,她身穿T恤的先生从厨房走到前台来，腼腆微笑。

　　见惯了苏州老字号的大厨，看到"80后"的年轻人创业，让人耳目一新。老板夫妇从都市白领转型为餐饮业主，冒险精神和奋斗精神可嘉。他们的面不是传统做法，卖相也稍有欠缺，但真材实料，滋味多变。只有年轻人积极参与，中国传统的烹饪技艺才能代代传承，不断创新。

水乡清味

转眼已过秋分，夏季正式结束，秋季的吃食上市了。前些日子母亲买回一些煮熟的红菱，此味我还是童年时代品尝过，真是久违了。打开包装一看，都是四角菱，丫丫叉叉，顶尖壳厚，剥起来费劲。母亲说要剪掉四角，剖开中腹，才能吃到菱肉。如法炮制，尝了一下，口感微甜，但沙沙的，不是记忆中的那个味道。我嫌吃菱耗时费力，和同为淀粉食物的糖炒栗子相较，性价比太低，吃了一颗就丢下没兴趣了。

菱是水乡特有的物产，夏末初秋开白色或淡红色小花，花落后长成的果实就是菱，分为两角菱、三角菱、四角菱、乌菱等。《酉阳杂俎》称，两角曰"菱"，四角、三角曰"芰"。不过现代人没这么讲究，一律称作"菱"。民间倒还遗留着一些特别称呼，凡两角而小者，称为"沙角菱"；角圆者是"圆角菱"，也称"和尚菱"；野生四角者，称为"刺菱"。王嫁句的《姑苏食话》引用文震亨的《长物志》，说菱"有青红二种，红者最早，名水红菱，稍迟而大者，曰雁来红；青者曰鹦哥青，青而大者，曰馄饨菱，味最胜，最小者曰野菱。又有白沙角，皆秋来美味，堪与扁豆并荐。"其中馄饨菱最可口,水红菱最艳丽。旧时妇女缠足,讲究越小越俏,窄窄裙下、不盈一握者,文人就称为"水红菱"。此外,因为荸荠称为"地栗",菱也就称为"水栗"。菱角应市时间短。中秋前的早红菱适合生吃,中秋后,菱角的淀粉增多,煮食较为可口,但前后共十来天就落市了。

这次回国我还吃到了新鲜鸡头米,也就是芡实,鸡头米是苏州一带的叫法。芡实三月长叶,有荷叶大小,浮于水面,正面绿色,背面紫色,茎叶都有刺。夏天花茎顶端开紫花,果子外观像尖尖的栗子球,中间结实累累像石榴。新鲜鸡头米剥出约黄豆大小,一颗颗洁白浑圆。范烟桥在《茶烟歇》里曾对它大加称赏:"鸡头有厚壳,须剥去之,乃有软温之粒,银瓯浮玉,碧浪沉珠,微度清香,雅有甜味,固天堂间绝妙食品也,海上罗致四方饮食殆遍,惟此物独付缺如,或以隔宿即变味,而主中馈者惮烦耳。"其实,鲜芡实煮汤,口感还算软糯,但不加糖的话,就没滋没味了,不如百合或莲心,至少还有一点隽永的微苦。

菱角尖锐,采摘不易,范成大有悯农诗句,"采菱辛苦费犁锄,血指流丹鬼质枯"。剥芡实更是一件苦事。它皮壳坚硬,剥肉得动用剪刀。《姑苏食话》中提到,旧时江南的蓬门贫女和中等人家的妇女,都将"剪鸡头"作为一项贴补家用的副业。民国时有诗描述"剪鸡头"的辛苦:"蓬门低檐瓮作牖,姑妇姊妹闪第就。负喧依墙剪鸡头,光滑圆润似珍珠。珠落盘中溜溜,谑嬉娇嗔笑语稠。更有白发瞽目妪,全凭摸索利剪剖。黄口小女也学剪,居然粒粒是全珠。全珠不易剪,克期交货心更忧。严寒深宵呵冻剪,灯昏手颤碎片多。岂敢谩夸十指巧,巧手难免有疏漏。十斤剪了有几文,更将碎片按成扣。苦恨年年压铁剪,玉碎珠残泪暗流。"

荸荠,也写作"荸脐",因它的形状像人的肚脐。古人还称它为"芍、凫茈、凫茨、地栗、黑三棱"等。清末北京民间曾有"天津鸭儿梨不敌苏州大荸荠"的浪漫说法,但这种介于果蔬之间的作物滋味其实很清淡。新鲜时吃也不过是尝点微甜的水分,且剥皮十分不易。

和前几种水生吃食一样,莲藕也不以滋味浓郁见长。荷花的根茎最初细瘦如指,称为"蓉",也就是莲鞭。至夏秋生长末期,莲鞭顶端数节入土后膨大成藕。古今文人连篇累牍,写下无数关于折荷、采莲的优美篇章。叶圣陶有《藕与莼菜》,回忆故乡风物,兼及卖藕农妇,"裹着白地青花的头巾。虽然赤脚,却穿短短的夏布裙,躯干固然不及男的那样高,但是别有一种健康的美的风致",让人悠然神往。采藕其实不轻松也不浪漫,《舌尖上的中国》曾播放农人踩着莲桶或篙撑小舟,水里来,泥里去,深秋、初冬季节冒寒收割莲藕的情景。

周作人在《藕的吃法》中对江南的各种藕食不厌其烦,一一点评。苏州人吃藕,最简单的方法就是将鲜藕切片生吃,据说尤宜酒后进食。做菜的话,可用藕条与青椒丝同炒,青白分明。或可将藕片调以面粉,入油锅煎之,做成藕饼。或切藕两片连头不断,中间嵌入碎肉,油煎成藕夹。还可将鲜藕刨丝,混入面糊,囫囵入锅炸成藕圆。做甜点,则将糯米塞入藕孔,加红糖,蒸煮为熟藕,或将其煮为藕粥。藕粉或莲藕猪骨汤的吃法,不算是苏帮藕食的主流。

无论菱角、鸡头米还是荸荠、莲藕,作为食物,都有以下特性:

时令性强,味道清淡,吃起来费劲。当年作为百姓的日常膳食或骚客的灵感发源,它们自有长处。对平民来说,这些食物富含淀粉,随手可得,便宜顶饥。在文人看来,它们体现了地域和季候特色,又有千百年来的风雅积淀,和莼菜鲈鱼一样,是江南文化的"招牌菜"。诗文会友,不必典当金钗可办;酒酣耳热,自有清新小菜助兴,当然妙不可言。这些吃食吃起来耗时费力也未必是缺点。文人小饮,不同于豪士拼酒,讲究在瓜棚下、小窗前浅斟细品。肴核鲜洁,少用调料,不正是名士菜的真谛吗?

这几样水乡"隽味",如今却难免有遭遇冷落之虞。现代人的饮食习惯口味偏重,大多缺乏敏感的味觉来体会微妙口感。生活节奏加快,大家每日匆忙奔波之际,也无暇偷闲半日、清梦一世——我也未能免俗。于是,慢悠悠的饮食方式也逐渐成为一种远去的生活,再难复现。日后中国的超市食品估计也会向美式的靠拢:蔬菜是洗净、择好的净菜;鱼无头无尾,去皮拆骨;肉"分崩离析",面目全非。总之,食物都被乔装改扮,精心包装,力求离它们的本源越远越好。而当年的时令鲜品,现在因为环境恶化、农业生产工业化、都市化程度提高等因素,难保其和露采撷的原汁原味了。

上文提到的水乡清味过去都是太湖流域的特产。太湖面积两千四百二十五平方公里,是中国第三大淡水湖。它位于江浙交界处,东有苏州,北有无锡,西有宜兴,这三处都是文化灿烂的历史名城和风景秀丽的旅游胜地。湖中四十八岛,由浙江天目山绵延而来,连同沿途的山峰和半岛,统称为"太湖七十二峰"。

太湖之滨的洞庭东、西山在七十二峰中尤为出名。东山是突出于湖中的半岛，盛产枇杷、杨梅、柑桔和碧螺春茶，被誉为"太湖的花果山"。西山是湖中最大的岛屿，有山峰四十一座，自春秋以来就受到文人雅士的青睐。白居易、陆龟蒙、皮日休、范成大、唐伯虎、文徵明，以及康熙、乾隆都曾到此一游，留下很多诗词游记和摩崖石刻。

太湖七十二峰不仅是旅游胜地，而且物产丰富，历来是民生所系。民国时期的文人郑逸梅曾谈到苏州的"山家十八熟"，即湖中岛屿和山丘出产的十八种知名水果、谷物和药材等农林产品。一是香雪海的梅树，结实可供糖果铺店家制作梅脯蜜饯。二是石壁的桃树。三是窑上枇杷——窑上是西碛山北麓的小村，分为内窑和外窑。四是小丘熨斗柄的杨梅。五是藕，六是菱，七是七十二峰阁前的笋。八是金桂、银桂，花朵、花蕊可制桂花糖。玄墓谷口的樱桃是第九熟。第十熟为桑，十一为茶，都产于马驾山中。野生蕈类是十二熟，"以煮羹汤，异常鲜隽"。十三为杏，十四为枣，十五为柿，都产于铜井和邓蔚山。郑氏描绘说"杏大如儿拳，枣初采色白，俗称白蒲枣。柿灿然而甘美，苏人称之为金钵盂"。十六为菘，也就是大白菜，又分春菘和晚菘，可鲜煮或腌食。十七是玉蜀黍，即玉米。十八是石斛，五月生苗，七月开花，十月结实，"其根细长，色黄，以生于石上者佳，食之补脏益胃"，是一种中药。

过去太湖流域土壤肥沃，四时风物争奇斗艳，农产品的口味也不同寻常。可惜现在这些宝贝别说鉴赏、品尝了，人们可能听都没听说过。随着市场经济和工业化程度的加深，太湖流域的农民有的流入城市成为"新市民"，有的为追求利润，改变果蔬品种，淘汰原本口味好但产量低、卖相差的品种。比如大名鼎鼎的阳山水蜜桃，如今多见的是产量大、果期长的"红花桃"，而不是过去蜜甜多汁但产量低的"白凤桃"。苏州人家以前用来煮粥的上佳"黄米"，曾让包天笑百年回眸时念念不忘，如今也早就让位给卖相更光鲜、莹洁的粳性白米了。太湖的山家清味，简直像美国的"祖传番茄"（heritage tomato），成了濒于灭绝、需要重点保护的品种了。

太湖三万六千顷，烟波浩渺，湖中七十二峰气象万千，乡党提起，每每自傲，认为远胜小小的杭州西湖。可是，近年来工业污染严重，几年前还曾有太湖蓝藻大爆发的重大新闻。这次我吃的菱角也不是太湖出产。近年来本地采用"原生植物"治理、改善水环境，在太湖里大量种菱。因为菱角根长叶茂，一方面可以吸收水底淤泥中的磷、氮，减轻污染，另一方面覆盖水面，可以防止蓝藻滋生。菱角品种多，生长时间前后延续性长，更可有效改善水质。这是大好事。只是，今年的太湖菱都要留种，我要饱口福，至少还得再等一年了。

江南食事（上）

二十三岁负笈西行，留美读书后又在美国大学教书，不觉又是二十三年。人到中年，身居异域，尽管也常回家看看，但家乡的吃食可不是随时随地唾手可得的。于是写了一系列小文，回顾那些美食，那些故事。

蟹言蟹语

西风起，蟹脚痒。秋分一过，老饕们食指大动，又垂涎大闸蟹了。《红楼梦》为赏菊、吃蟹专辟一章，描摹痴男怨女的闲适和诗兴。包天笑耄耋回眸，在《衣食住行的百年变迁》后特附上《大闸蟹史考》一文，说"闸"字的由来是因捕蟹者在河湾内设闸，上面点灯，诱蟹入毂，因此得名。他考证，"大闸蟹"和"闸蟹"不同，前者特指超大的淡水蟹，最好的是"对蟹"，一对螃蟹就重一斤（十六两）：雄的九两，雌的七两。

几年前纽约哈德逊河惊现"大闸蟹"入侵，破坏生态平衡，被老美捉拿归案，用压路机碾滚暴尸，让众老中扼腕不已。章太炎夫人汤国梨曾有诗句曰："若非阳澄湖蟹好，人生何必住苏州。"生为苏人，我对这样吃食却一直不以为然。小时候当然吃过大闸蟹。

每年秋至，父母总要给远在美国的我写信，报告一共吃了多少次螃蟹。今年我在家过中秋，他们又一再念叨要去买几只大蟹给我品尝。

我对螃蟹有"偏见"，可能因为小时不善此道，胡嚼乱咽"牛吃蟹"。但更多的是始终对蟹"莫名其妙"，虽也觉得能吃、好吃，但并不理解它何以让古之文人如此神魂颠倒，今之时人如此趋之若鹜。

例如，李渔声称，每岁秋至，必定预先存款用以买蟹，称为"买命钱"。他又说："予于饮食之美，无一物不能言之，且无一物不穷其想象，竭其幽渺而言之。独于蟹螯一物，心能嗜之，口能甘之，无论终身一日，终不能忘之。至其可嗜可甘与不可忘之故，则绝口不能形容之。此一事一物也者，在我则为饮食中之痴情，在彼则为天地间之怪物矣。"他老人家除了说蟹味妙不可言，让他情有独钟，更是高呼"蟹乎！蟹乎！汝与吾之一生，殆相始终者乎！"，简直要山盟海誓，生死相随。美食达人唐鲁孙回忆少年时在昆山吃阳澄湖大闸蟹，"只只精壮肥硕，不但壳肉细嫩，就是腿肉也是鲜中带点甜丝丝的鲜味，至于膏黄的腴润醇厚更不在话下"，末了还要一咏三叹，感慨身在台湾地区，如此隽味再难品尝。

故老相传，辨别螃蟹是否正宗，要将活蟹放到光滑锃亮的漆盘中，看它是否能顺利爬过不打滑，因为据说阳澄湖大闸蟹腿脚特别强壮，且腿上多毛，和普通螃蟹不同。清朝、民国时期苏州人家嫁女儿，必不可少的嫁妆之一是"蟹八件"，包括小方桌、腰圆锤、长柄斧、长柄叉、圆头剪、镊子、钎子、小匙，分别有垫、敲、劈、叉、剪、夹、剔、盛等多种功能。蟹八件一般铜铸，讲究的用银打造。大约是为到婆家吃螃蟹时分门别类，一件件，一桩桩，讲求的是慢条斯理，气定神闲，毫不露怯。可见，当初吃蟹是表现知识、教养，彰显身份的手段。

今人在网上用打折券买卖"纸蟹"，把大闸蟹当作期货来炒，就不免有"投机倒把"的嫌疑了。网上优惠有低于四折，每斤只要一百元的。专家说，阳澄湖刚出水的毛蟹就要二百多元一斤，还不算测试、包装等的费用，网络价根本不靠谱。阳澄湖螃蟹今年9月21日才开捕，之前的当然不正宗。不过，目前已有苏北地区的养蟹人来苏南考察市场，说扬州宝应湖的螃蟹也相当不错。专家又点评说，只要气候合适，饲养精心，饵料好，螃蟹的具体产地无关紧要。那么阳澄湖螃蟹被如此炒作，更无意义了。

吃蟹的意义多半不在品味螃蟹，而是加入各种物质、精神以及有形、无形的世俗考虑。我没啥生活情趣，让我为螃蟹付出金钱、时间的代价总觉得不合算。当然，"不为无益之事，何以遣有涯之生"，但我宁愿用别的方式浪费生命。那么今秋食蟹否？吃。不过是陪父母应个景，体味下团圆亲情，算不上风雅之士或美食家的作为。

杨梅美味

苏州的百年老店采芝斋有一种零食叫"白糖杨梅"，以杨梅果干蘸上白糖和其他作料腌制而成，吃起来酸甜适宜，是我童年时代的钟爱。不过，新鲜杨梅我就敬谢不敏了。小时候某次大啖杨梅，吃到倒牙，至今还是一想到这种水果就会口中生津，牙根发酸。所以，杨梅于我，是和咖啡一样的东西，虽然闻着芳香诱人，但是想到贪嘴的后果，我就失去了再次品尝的勇气。

几年前和朋友去苏州东山采杨梅，"农家乐"了一回，才首次见到未摘的本尊。杨梅树都不高，在山丘上种得密密麻麻的。叶子呈椭圆形，小而密，倒挂簇生。杨梅果实圆圆的，和桂圆一样大小，遍身生着小刺。等杨梅长熟，刺渐渐平软，它也从最初的淡红逐渐变成深红，最后表面深紫发黑，像颜色极深的红宝石。不过咬开后，还可以看见红嫩的果肉。杨梅大熟的时候，空气中四处飘荡着清甜的果香，不是芒果那样的甜腻芬芳，反倒令人闻了精神一振。当地农民说，杨梅不用洗就可以吃，因为它不生害虫。不过我记得小时候是要用盐水泡过才食用的。吃杨梅要小心，唇上、舌尖上会染上鲜红的汁水不说，溅到衣服上也不好洗。

去年有位美国朋友来看在家过暑假的我，临走给他带了点新鲜杨梅。第二天接到他的邮件，说是两篓水果一扫而空，吃得肚子疼。我在这头笑得打跌，佩服他牙口好的同时，实在也没想到美国人会对杨梅这么情有独钟。回家一百度，才知道这种我童年时期就熟悉的水果着实不简单呢。

除了卖相好、香味佳，它的药用和营养价值都很高。《本草纲目》记载："杨梅可止渴、和五脏，能涤肠胃、除烦愦恶气。"杨梅果实、核、根、皮均可入药，性平，无毒。果核可治脚气，根可止血理气，树皮泡酒可治跌打损伤、红肿疼痛等。用白酒浸泡的杨梅，盛夏时节，食之让人气舒神爽，消暑解腻。腹泻时，取杨梅熬浓汤喝下即可止泄。杨梅生食也有生津止渴、健脾开胃之功效。据说多吃不仅无伤脾胃，还能消食、除湿、解暑、止咳、御寒、止泻、利尿、防治霍乱，故有"果中玛瑙"之誉。

本地的品牌"大浮杨梅"每年七八月大量上市。最近接到去年那位"贪嘴不留穷性命"的美国朋友发来的邮件，说是在美国高档些的超市如今也有杨梅果汁出售，并且得名曰"yumberry"。和让人摸不着头脑的一般英文译名"红月桂果"（red bayberry）相比，这个译法真是谐音、象形又表意的神来之笔。因为"yum"的发音类似于"杨"，杨梅外表像草莓（strawberry）、黑莓（blackberry）那样软刺丛生的果子（berry），而吃起来又很美味（yummy）。想来就是初次邂逅杨梅的美国人也能"望文生义"，一吃消魂吧。

水蜜桃的故乡

几年前应邀给美国某学术杂志写书评。作者题为《美食怀旧》（*Culinary Nostalgia*）的专著中写到从明代中叶到清初，上海逐步从一个小渔村成长为初具规模的县衙所在地。当地士绅引经据典，在《地方志》中称当时顾氏露香园中所产的水蜜桃乃是天下正宗，万桃之本，虽然他们的水蜜桃实际上也来自外地。我想，这种做法除了为宣扬上海的风土之美，物产之盛，还因为桃子这种水果在中国文学和神话中的崇高地位。无论是关于西王母蟠桃会和蟠桃园的传说，司马相如极尽渲染之事的《上林赋》，还是陶渊明的《桃花源记》，其中说到的桃子总有些仙风道骨、不同凡品的意味。因此，文人推崇顾氏水蜜桃，根本上还是为了证明上海的文史渊源，并借此站稳脚跟，在中国众多古都、历史名城中为根基尚浅的上海争一席之地。

老实说，上海（现在主要是南汇）的水蜜桃有名我是看了这本英文书才知道的，因为吾乡特产阳山水蜜桃实在太耳熟能详、深入人心了。小时候，外公在乡下一个林果场工作，每夏总会一麻袋一麻袋地背回杨梅、樱李、西瓜、水蜜桃。我对水果的要求只有两点：一是甜，二是多汁水，所以水蜜桃就成了我的最爱。这种桃子皮薄个大，外头一条浅沟，带着细细的绒毛，透出淡淡的粉色。7月份桃熟，外婆会拿出一个很大的木盆放在擦干净的木地板上，把几十个水蜜桃倒进去，浸在深井水里。少顷，大家席地而坐，从水里捞取半浮半沉的桃子后，你争我抢地围盆大嚼。

水蜜桃熟了，用手指轻轻一拈一揭，就能把果皮整个撕下。咬一口，软而凉的桃肉滑下喉咙，甜而黏的汁水顺着下巴流下，那滋味，真是难以描绘。我至今还觉得，凑着木盆稀里呼噜地吃桃是童年最快乐的时刻之一。我的最高记录是六岁时一次吃了十个桃子，最后挺着肚子，四脚朝天，躺在地板上动都动不了了。因为当时穿了一套绿色的小背心、小短裤，还被母亲嘲笑为"青蛙"。

家乡的水蜜桃素以肉嫩汁多、香浓味醇、鲜甜甘美而著称，所以又被称作"玉露蜜桃"。听说早先脱胎于浙江奉化水蜜桃，由于本地自然条件优越，便在太湖之滨兴盛起来。现在大体上可分为白凤桃和白花桃两大类。还有一种叫"笔管红"，成熟后皮上有大小不等的红圈，顶端鲜红如血，汁多而甜，但产量少，显得更加名贵。除了远销海内外的桃子，阳山现在每年春天也举办"桃花节"招徕游客。

其实我对水蜜桃到底源出何方并不在意。可是国人如今的"品牌"意识增强了，似乎不是原产地的就算不上"地道""正宗"。

一系列的防伪标志也相应出台，竭力向消费者证明自己出售的杨梅、水蜜桃和大闸蟹真材实料、名下无虚。如果这种风尚有助于农产品的保鲜保质、就地买卖，从而减少交通运输费用，进而降低能源消耗和废气排放，保护环境，那未尝不是一桩美事。只怕如今对防伪、正宗的提倡只是人们为食品安全忧心忡忡的又一投射而已。

家乡的馄饨

我在美国教授中国文化，本人又是美食爱好者，中华民族博大精深的饮食文化自然不可不谈。课余教学生做中国菜，我总要一再说明馄饨和饺子的区别。虽说在英文中它们一概被翻译成"dumpling"，但两者中国的流行地域有南北之别，外皮和成品也存在形状上的差异。

那年冬天我回家探亲时，父亲的朋友送了一大捆荠菜，母亲张罗着包了一次荠菜馄饨。荠菜是一种野菜，英文叫"羊倌的钱包"（shepherd's purse），在吾乡是春日饭桌上的佳肴，凉拌、清炒两相宜。余生也晚，从小又在都市长大，未曾领略春天出游，在野地里踏青、折柳、赏花、放风筝、"挑野菜"的盛事。不过，这次的荠菜却是父亲的朋友近日去阳山（著名的水蜜桃产地）游玩，亲手挖的（乡谈中叫"挑荠菜"）。冬日吃荠菜，不管味道如何，先就让人有了品味春色的情趣。

母亲做馄饨，先将这些野生荠菜洗净、择好，又细细剁碎，然后拌上炒鸡蛋、猪肉糜和干虾仁（"开洋"），加上料酒、葱花、姜末、盐、糖，做成馅料。前一阵父亲因为验血发现嘌呤过高，怕得痛风，平日忌食豆腐、鸡汤、海鲜、菠菜，好久没吃虾了。最近他验血结果正常，这次吃开洋馄饨也算开禁。馄饨皮薄肉鲜，荠菜清香水嫩，滋味着实不坏。

我们江南的馄饨有"大馄饨""小馄饨"之分。后者用极薄的馄饨皮包上少少一点肉馅做成，煮熟后只见汤碗里飘飘然的"纱裙"中一点粉红，所以又叫"绉纱馄饨"或者"泡泡馄饨"。吃小馄饨的主旨其实更多在于品尝加了紫菜、虾皮、蛋皮丝或者豆干丝的馄饨汤，而不是馄饨本身。我们这次吃的荠菜馄饨则是"大馄饨"，真材实料，馅足汤清，模样也讨喜，一个个状似元宝，吃汤馄饨、拌馄饨，或者煮熟了蘸醋，都别有一番风味。

馄饨是中国汉族的传统食品，源于中国北方。西汉扬雄所作《方言》中提到"饼谓之饨"，可见馄饨最初是饼的一种，夹内馅，经蒸煮后食用；若以汤水煮熟，则称"汤饼"。据说古代中国人认为这是一种密封的包子，没有七窍，所以称为"混沌"，依据中文造字的规则，后来加了"食"旁，称为"馄饨"。那时候，馄饨与水饺并无区别。至唐朝起，正式区分了馄饨与水饺的称呼。

关于馄饨的缘起还有不少传说。一说是汉朝老百姓痛恨匈奴部落中的浑氏和屯氏两个首领，于是用肉馅包成角儿，呼作"馄饨"，在冬至日煮食。也有人说，馄饨是西施在吴国做"无间道"时发明的点心，意在引诱吴王夫差骄奢淫逸，好为越国报仇雪耻。另有一种说法是道教认为，元始天尊象征混沌未分，《燕京岁时记》云："馄饨之形有如鸡卵，颇似天地混沌之象，故于冬至日食之。"南宋时，冬至食馄饨祭祖的风俗也开始盛行。

我国北方至今还流行"冬至馄饨夏至面"的说法。不过，虽然上海人冬至也扫墓祭祖，吾乡却是冬至吃汤圆（元宵），夏至吃馄饨。馄饨发展至今，名目更为繁多，除了江浙等大多数地方称"馄饨"以外，广东称"云吞"，湖北称"包面"，江西称"清汤"，四川称"抄手"，新疆称"曲曲"等。

叶圣陶在回忆老家苏州的藕和莼菜的文章中曾经说过："所恋在哪里，哪里就是我们的故乡。"像我现在，一心牵记荠菜"嫩绿的颜色与丰富的诗意"，回味大馄饨"清淡甘美的滋味"，也就深觉亲情可贵，故乡美好。

江南食事（下）

食品文化不仅涉及吃啥，还包括怎么吃。所以，围绕吃食，还有各种风俗习惯、传奇故事值得再三回味。

暖锅为媒

苏州评弹《描金凤》成于清代，讲书生徐惠兰家道中落，又被诬陷杀人入狱，历尽坎坷，最后金榜题名，衣锦还乡，和江湖术士钱志节的女儿玉翠终成眷属。故事曲折，有死牢掉包、劫法场等情节，但总体不脱"落难公子中状元，私订终身后花园"的套路。从小听来，我觉得最有趣味的不是爱情故事，倒是以铜钱"笃笯"、算命为生的"老江湖"钱志节。他本市井中人，三餐难继，却爱杯中物，时常要通过坑蒙拐骗的小"花头"谋生。不料因缘际会，他居然求雨成功，进宫面圣，被封为"仙人"。

这样一个草根"英雄"身上，寄托了民间百姓的理想和想象，比千人一面的才子佳人更容易引起共鸣。他尚未飞黄腾达时和地方土豪斗智斗勇的故事，也很受追捧。他和当铺老板徽州人汪宣的纠葛，更独立成篇，被艺人改编为中篇弹词《暖锅为媒》，广为流传。这部书主要说汪看中了钱的女儿，希望娶她做个"两头大"的外室，钱不愿意，但不能明着回绝，又想占便宜，吃顿老酒，于是在酒席上谎称以暖锅为媒，答应汪的求亲，以便今后赖账。

他忽悠汪朝奉的原话说，"指物为媒"有古礼，用暖锅口彩特别好：锅子烧得火旺旺，是发发达达，锅子圆圆是团团圆圆，鸡是"泼泼涨"，笋是节节高，粉丝没下锅之前是"银链条"，烧进汤里发黄了，就是"金链条"，富贵吉祥。两人在酒席上来回问答的这回书，把钱的言语机智、"酒水糊涂"都描绘得很传神，更提供了关于姑苏饮食风俗的有关信息。例如，汪宣为了讨好，特地置办"九盘一锅""十全十美"，招待父母长辈的上等酒席。九只盘子包括风鸡、酱鸭、火腿等荤菜，一只暖锅里加了蛋饺、肉圆、笋片、海参等，餐具是象牙筷子，喝的是陈年绍酒。

暖锅是过去冬至后，苏州人家的饭桌上就会出现的独特菜品。它是火锅的一种，旧称"边炉、仆憎"，历史已经很悠久了。记得祖父家的暖锅用黄铜制作，形状如高脚盘，上面是直径大约二三十公分的圆锅，有个雕花的锅盖，两边是叮当作响的铜环把手。下面衬着高约三十公分的中空圆柱形底座，用来烧炭。暖锅中间有烟囱状、五六公分高的突起，这是拔风，点燃后可看到烧红的木炭，拔风四周有时分格放置各种菜色，有时不分格。

包天笑在《衣食住行的百年变迁》中描绘暖锅是"鱼肉虾菜，集于一炉"。吃暖锅讲究荤素搭配，苏人一般放白菜、黄豆芽、豆腐、百叶、冬笋、香菇、鱼丸、肉圆、咸肉、蛋饺、虾、爆鱼等，加鸡汤或骨头汤。《暖锅为媒》中提到钱志节从暖锅中夹海参，称"海参怕难为情，滑进喉咙，不知滋味"，一来是语气诙谐，增添一点笑料；二来也是参、翅等菜色豪门才能置办，平常人不易识荆，所以他"露怯"了。

祖父家烧暖锅，先要"孵炭"，把木炭放到煤球炉上烧红，然后加入暖锅底座。吃的时候，把原本烧熟的荤菜放入锅中，与素菜同煮。例如"爆籴"，就是把预先做好的卤制熏鱼放进高汤籴热。吃暖锅的尾声，加菠菜、粉丝，烫一下，捞到碗里，舀点汤，哧溜哧溜吃下去，就算"包圆"结束，垫实胃囊了。

冬季天气寒冷，年节时迎来送往事务忙，当初的菜市春节还要停业几天。这时食用暖锅，火热、方便，营养滋补，别有滋味。因此，苏人对暖锅十分称赏。袁景澜《咏暖锅》道："嘘寒变燠妙和羹，镕锡装成馔具精。五味盐梅资兽炭，一炉水火配侯鲭。肉屏围席欣颐养，蜡炬炊厨熟鼎烹。夜饮不须愁冻脯，丹田暖气就中生。"如今烧炭的"古董版"厨具虽然少见，但冬日围炉，家人团聚吃火锅，是人生一大乐趣。作为联络亲情的媒介，暖锅可不就象征了团圆、发达、兴旺的好意头嘛。

大饼油条

"新浪江苏"官网上曾发布"传说中的五十道锡帮菜"，引发了口水大战。食客们指出真味美仔排、怪味牛头肉、土鸡煨笋干、八宝野鸭、肉酿黄雀、火腿扣鸭舌、清蒸居浪鱼、龙凤球这些新菜并非传统锡帮菜。内行人士更指出，有些传统菜色因为原料稀贵或工艺复杂，早已消失多年了。

比如椒盐塘鱼片，只用塘鲤鱼（方言中说的"土步鱼"）身上最扎实的两块肉，而现在周庄以塘鲤鱼脸颊肉为原料的一道菜可卖到四百元,这道菜浪费太多,太过昂贵了。另有一些菜的原料本地难觅。如酱油鸡用的必须是土产的散养草鸡,现在很难找到。素菜中,地产的蚕豆和茭白稀少,太湖产的四角菱也消失十几年了。还有曾经世界闻名的太湖猪肉,如今几乎找不到了。(据说太湖猪是最健康的猪,水分占到22%以上,脂肪更少,而淮安黑猪肉的水分都在15%以下)。没有正宗食材,锡帮菜自然难以做到原汁原味。

另外,有些传统菜太耗时费力。龙凤腿不是鸡腿,要用猪肚里的油加虾肉、鸡丝等烹制,包好后再配鸡骨做成鸡腿的模样,对厨艺要求很高。蝴蝶烩鳝的传统做法则是把猪身上的蝴蝶骨风干后和黄鳝一起烹制,但现在的顾客可能觉得风干食物不健康、不卫生,饭店里为追求效率也不愿花那么长时间去风干骨头,所以如今这道菜用的都是新鲜的蝴蝶骨。

有意思的是,针对外界说锡帮菜过油、过甜的非议,专家反驳道,无锡菜的特点就是"咸出头、甜收口",无锡菜的甜是"鲜甜",咸中带甜,甜中带鲜,相比苏州菜的甜还要低一两度。特别是水产之类的菜肴,更需要浓油赤酱,一方面去腥,另一方面让菜颜色好看且口感柔韧。其实食材本身的油都已"走"掉,比起西式糕点,油脂已低了很多。

对"正宗锡帮菜"引发的争议,我并无太大感觉。余生也晚,小时既未领略过这些传说中地道的无锡菜,长大了自然也木知木觉,没有今不如昔、故乡何处的感慨。不过,我由此想到了"大饼油条"。这在本地是大众早饭,过去是上班、上学者用来代替家里的"萝卜干咸菜加泡饭"、可以边走边吃的方便吃食。以前油条也叫"油炸鬼",周作人曾特意为此写了两篇散文,考证来源,并反驳"民众为表达对秦桧的怨恨而发明此物"的说法,还得出"若有所怨恨乃以面肖形炸而食之",则民族性"怯弱阴狠,不自知耻"的结论。

唐鲁孙提起故都北京的早点,对"烧饼果子粳米粥"念念不忘。梁实秋提到有海外学人,每到台北必定制一二百副烧饼油条,带回美国放入冰箱,每天早晨用烤箱或电锅烤后食用,以慰乡思,聊胜于无。父母来美国探亲,在旧金山中餐馆"饮茶",对虾饺、烧卖之类的广式点心观感平平,倒是对吃到的半根油条赞不绝口,一再提起。

周作人称,小时吃过的东西不必可口也让人回味无穷,且总被我们奉为地道的故乡食物。父亲心目中的正宗油条,当然不是无锡街头"永和豆浆"出售的、长而粗的壮硕版本。叶圣陶有言:"我们的所爱在哪里,故乡就在哪里。"林语堂更说,爱国主义就是爱吃从小吃惯的食物。我觉得,比起那些昂贵、稀罕的所谓"传统锡帮菜",大饼油条承载的乡土情意要朴素真挚、源远流长得多。

嗑瓜子

那年我出国留学之后第一次回国探亲,朋友的男友好奇地问我美国人看电视时吃什么零食,我回答说薯片、玉米片、坚果等。他惊诧莫名:"那不是一下就吃饱了嘛!"言下之意,是美国人的饮食文化太欠缺,只求果腹而不能领悟国人嗑瓜子的情趣。

在吾乡,除了普遍认可的南瓜子、西瓜子、香瓜子(即葵花子)这些大类之外,仅西瓜子一种就能分出奶油、玫瑰、甘草、话梅、五香之类的名堂。如今还有黄埭（音"代"）吊瓜子遐迩驰名：吊瓜，学名"栝楼"，属葫芦科植物，浙江省长兴县有特色良种"长兴吊瓜"。二十世纪八十年代初改革开放刚开始时，安徽芜湖的年广久靠"傻子瓜子"这个品牌掘得第一桶金，成为全国闻名的"先富起来的"典范，甚至名列《邓小平文选》。

《儒林外史》中描写，周进当初尚未中举，在乡间做个仰人鼻息的教书先生。一日王举人路过，他的东家殷勤摆酒招待，他却因为科举不利而在席间大遭嘲讽。客人走后，他还扫了一早晨的"鸡骨头、鸭翅膀、鱼刺、瓜子壳"。《金瓶梅》中也写到，"院子里的姑娘"讨好恩客，总会给愿意出钱的"冤大头"送上一手帕的瓜子仁（按：不知瓜子是用手剥还是用嘴嗑？）。而西门庆家的女眷上元夜上街看灯，虽然是男女授受不亲的年代，不安分的小妾潘金莲在酒楼的包厢中卷帘看街景，一边往楼下扔嗑过的瓜子皮，一边和西门庆的女婿陈敬济打情骂俏，嬉闹无忌。有美国学者专门著文评点这一场景，认为"瓜子"在这里还有某种暧昧的性暗示云云。

这是一家之言，信不信由你，但由此可见嗑瓜子确实是我们的国粹，古已有之。外国人不会嗑瓜子也是真的。我就曾见他们在中国参加茶话会，看着满桌各色各样的瓜子愁眉苦脸，不知所措。试想一下，美国人连带壳的花生都常用来喂养松鼠、禽鸟，更别说要求他们去对付技术难度更高的瓜子了。国人嗑瓜子则是休闲活动的一种，不求吃饱，只为"点心"。让嘴里有点事做，舌尖添点滋味，消磨一下时间的同时也可以为其他的业余爱好伴奏：下棋、看书、看戏、看电视、闲聊等。

国人爱嗑瓜子，善嗑瓜子，基本是无论男女，不分老少的。看着他们兴致勃勃地从事这项活动，我的心情却有点复杂。不是不理解他们对闲适生活情趣的追求，而是不赞成由此带来的后遗症。在公共场合嗑瓜子，制造噪音还罢了，多半还会留下一地空壳，随风飘散。瓜子皮轻而小，容易嵌入缝隙中，特别不容易清扫，所以客车司机对此称得上深恶痛绝。躺在沙发上吃着薯片看电视固然有发展成"沙发土豆"（couch potato，在美国形容不爱运动、体重超标的人群）的危险，在公共场所乱嗑瓜子实在也算不上是"素质高"的表现。

冬至的吃食

杜甫有诗云："天时人事日相催，冬至阳生春又来。"二十四节气中，这是意义重大的一天。公历一年中，冬至日黑夜最长、白昼最短，农历中则"连冬起九"，从冬至到小寒、大寒，标志气候上真正寒冬的开始。民间还以冬至日的天气好坏与来到的先后预测往后的天气。俗语说："冬至在月头，要冷在年底；冬至在月尾，要冷在正月；冬至在月中，无雪也没霜。"这是依据冬至到来的早晚推测寒流到来的早晚。吾乡俗语也说"邋遢冬至干净年，干净冬至邋遢年"，意思是冬至这天如果有雨雪，那么农历新年一定晴天；反之，如果冬至放晴，农历新年就会有降水。

不过，冬天来了，春天还会远吗？所以，老百姓热烈庆祝冬至的到来，一是御寒，二来迎春，也理所当然。吾乡有"冬至大如年""肥冬瘦年"的说法，暗示冬至在某种意义上甚至比农历新年更要紧。冬至夜要一家团聚，冬至早饭要吃"圆子"，即包有豆沙、芝麻、猪肉、萝卜等各种馅料的汤圆（元宵），象征团团圆圆。冬至还有祭祖的风俗。江南有些地方要全家上坟扫墓，在家祭祖的一定要供奉萝卜。

中国地方大，一乡不同音，十里不同俗，各地冬至当然有不同的传统吃食。父亲回忆，在他的童年时代，苏州人冬至要喝特别酿制的"冬酿酒"。这是一种米酒，加入桂花酿造，饮用时用锡壶放在沸水里温好，热气腾腾，香气袭人。姑苏百姓在冬至夜畅饮冬酿酒的同时，还会配以卤牛肉、卤羊肉以及其他各色好菜，满满一桌，孩子们吃得酣畅淋漓、心满意足，这些都成为父亲童年美好的记忆。另外，中国北方地区有冬至宰羊、吃饺子、吃馄饨的习俗，南方地区在这一天则有吃冬至糯米团子、冬至长线面的习惯。而苏南还有些地方在冬至时流行吃大葱炒豆腐、红豆糯米饭等。

据说台湾还保存着冬至用九层糕祭祖的传统，用糯米粉捏成鸡、鸭、龟、猪、牛、羊等象征福禄寿的吉祥动物的形状，然后用蒸笼分层蒸成，用以祭祖。同姓同宗者约定于冬至前后来到祖祠中，按照长幼之序一一祭拜祖先，俗称"祭祖"。祭典之后，还会大摆宴席，招待前来祭祖的宗亲。在台湾世代相传，冬至节要吃萝卜、青菜、豆腐、木耳等。冬至宴上，大家开怀畅饮，在杯盘交错中互道契阔。"别来沧海事，语罢暮天钟"，既能重温久别生疏的亲情，也有慎终追远之意，称之为"食祖"，十分贴切。

父亲十分讲究"过年过节"，每逢传统节日都要求母亲准备特别的吃食以志纪念。2011年的冬至节我在家里过，一家人更是一本正经地吃了顿冬至夜饭。我们的冬至夜饭不喝冬酿酒，但汤圆是吃的。母亲又特地去买了一个大鲢鱼头，加上豆腐、冬笋、菠菜，做父亲最爱的香辣沙锅鱼头汤。冬日里，吃着炒青菜、红烧萝卜，喝着滚烫鲜美的鱼汤，让人觉得格外温暖踏实。窗外闹市区灯红酒绿，闪闪烁烁的是圣诞节的灯火装饰。中国人过洋节，美则美矣，但说到底，毕竟还是冬至的传统吃食更适合我的中国胃啊。

第四章 餐桌上的艺术

关于中餐的"半科学"探讨

为什么有的中国菜在国外接受度不高？中餐的作料有什么科学根据？以下是笔者尝试进行的"游戏家言"，诸君姑妄听之。

味精

在美国有时会看到关于中餐馆的负面报道。除了捕风捉影的"猫肉、狗肉入菜"，美国人抱怨最多的是中餐的味精（MSG）放得太多，吃了头痛、口渴、恶心、晕眩，甚至四肢发麻、心动过速，美国媒体为此还专门设计了一个术语，叫"中餐馆综合征"（The Chinese Restaurant Syndrome）。甚至有人说，摄取味精过多会引起失明和癌症，简直把味精视为健康杀手，必欲除之而后快。

记得在家时，母亲做菜也放味精，我并没有产生美国人所说的不良症状。而且味精的主要化学成分是谷氨酸钠，谷氨酸是氨基酸的一种，也是蛋白质的最后分解产物，听着挺营养的。另外，谷氨酸钠也是盐的一种，我的愚见，既然人一定得摄取食盐，吃点味精似乎也无伤大雅。最近看到一篇烹饪学论文，倒让我对味精的来龙去脉和文化象征意义加深了了解。

原来，和如今"人人喊打"的境况截然相反，味精在历史上曾经大大风光过，它的缘起也不是中国。1908年，在德国学过有机化学的日本人池田菊苗从昆布（海带）中分离出棕色晶体状的谷氨酸钠后，又在实验室里加以化学合成，力求达到那种"鲜"（umami）味。他希望用这种廉价而又营养的调料取代日本料理中无处不在的汤汁（dashi），为此申请专利，成立公司"味之素"。这家公司通过广告攻势，鼓吹科学理家，吸引当时渴望模仿西方中产阶级生活的日本家庭主妇大量使用，最终打进传统的日本餐馆。

日据时期，味精又传到台湾，非常适合台湾街头大排档流行、希望用廉价的调料提味的需要。目前，中国台湾地区仍旧是世界上人均消费味精最多的地方。可是日本味精在二十世纪二十年代的中国却"踢到了铁板"。因为两国间的军事政治摩擦，味精也作为日本军国主义的象征遭受抵制。于是，实业家吴蕴初在上海建立天厨味精厂，他们的"佛手"牌味精不但以"纯正国货"为号召占领国内市场，还在外国申请专利，在1933年的芝加哥世博会上获得大奖。当时的中国味精吸引大众当然不光因为它是爱国的象征，而且因为它既廉价，又可作为素食者的"代食品"。

美国人在二战时期其实也大量购买、使用味精，一方面是为保证军用食品的廉价、美味，另一方面也是为各种冷冻、罐装的加工食品护航。至于始作俑者日本，在经受了短暂的批判（舆论曾指责味精破坏了日本女子主持中馈的传统美德）以后，味之素公司改头换面，推出一系列据说是从"天然原料"如鱼类、海带等中提取的廉价速溶调料，为食品加工业服务。

食盐用水冲淡四百倍就感觉不出咸味，普通蔗糖稀释二百倍也尝不出甜味了，但谷氨酸钠用水稀释三千倍仍能感觉到鲜味，因而得名"味精"，也难怪它深受大众欢迎。别说只有中国人、日本人才喜欢这个滋味，东南亚地区常用的鱼露（fish sauce），里面最关键的部分其实就是味精。据说，他们做菜到了最后阶段，如果滋味不尽如人意，会加点鱼露，将各种食材的个性口味加以整合，然后起锅装盘，百发百中，必有奇效。回头再来看中式烹饪，有不少厨师喜欢在菜肴起锅前加点味精、白胡椒粉、麻油提味，原理也一样。

关于味精的争议，无论在历史上怎么纷繁喧扰、在现代西方怎么耸人听闻，我们都大可淡然处之。味精致癌，已被证实只限于白鼠，而对味精过敏的人也毕竟只占少数。

要想甜，加点盐

陆文夫在中篇小说《美食家》中曾经塑造了一个"宜兴大夜壶，独出一张嘴"的好吃之徒朱自冶。"文革"之后，他咸鱼翻身，凭多年的"吃功"到处讲学，竟然被捧为"美食家"。他的经典理论是，做菜最难的是"放盐"，什么时候放，放多少，都很关键，直接决定了菜肴的滋味和口感。虽然朱自冶"十指不沾阳春水"，从不下厨，光凭这个"放盐"学说，他倒也"一招鲜，吃遍天"。

盐是人类必须摄取的物质，不仅为了改善菜肴的口味。缺盐的人群会患"低钠综合征"，症状包括全身虚弱、精神怠倦、肌肉痉挛和循环障碍等，甚至有生命危险。食盐也常被作为日用药，比方说淡盐水漱口，有消炎解毒的作用。历史上，掌握盐、铁就控制了经济命脉、万民生计。英文中的"薪水"（salary）一词，拉丁文词根是"盐"（sal），来源于古罗马的"买盐钱"。另外，因为腌制的肉类及其他物品不易腐烂，盐也成为不朽与永存的代名词。撒盐被认为能对抗魔鬼，让人免受伤害。俄罗斯人送给新生儿的四件礼物中就有食盐，用以帮助婴儿辟邪。日本人出席葬礼后回家，要在门外撒盐驱鬼。

可是食盐摄入太多也不安全。听说有人吃了过咸的菜太阳穴跳痛，这是因为盐分太多造成脱水，于是血管收缩，血液流通不畅。患有充血性心力衰竭、肾脏损坏、肝硬化腹水、颅内疾病或接受皮质激素治疗的病人，更得谨慎用盐。平时吃盐太多，也容易引起血管硬化，成为中风隐患。万事万物过犹不及，确实是真理。

我由此想到大家爱吃的糖。古时雪白的蔗糖十分稀罕，不仅因为它可以迅速补充能量，而且还因为它滋味可人，样貌讨俏，甜美洁白。然而，精加工的白糖近年来遭到健康专家、养生大师的口诛笔伐，美国甚至有极端者毫不客气地称其为"毒药"，把患老年痴呆症（阿尔兹海默症）归咎于吃糖太多，称它为"头脑的糖尿病"。可是美国超市里各种各样经过加工的糖类产品还是充斥货架，美国人煮玉米、做馅饼时要放盐，为的就是"要想甜，加点盐"，用盐来中和酸性元素。

其实，人类的自然口味就是最爱多盐、多糖、高脂的食物，哪怕理智上认识到"垃圾食品"的危害，一吃起来还是爱不释手，越吃越想吃。究其原因，科学家说这是人类进化过程中留下的信息。当年盐、糖和脂肪都是人类生存必须摄取的要素。只是现代人的生活方式和狩猎、采集时期的原始人相比，发生了天翻地覆的变化。人们所需的能量大为减少不说，代谢速度也降低了。另一方面，随着工业化的发展,食品大量丰富,价格大大降低。于是,当初保命的根本如今沦为致命的垃圾,多盐、多糖、高脂的食品难免被弃如敝履了。

我的想法,健康的普通人不必忌口,摄取多种营养才是王道。最要紧的是适可而止,粗茶淡饭,牢记"五味令人口爽",不一味追求稀奇贵重的食材和肥厚刺激的口感就行了。

"质感"问题

老外为什么不能欣赏中国菜?不是因为四川菜太辣,不是因为臭豆腐太臭,据说是因为某些中国菜的精妙"质感"他们无法领悟。中文里说到菜色质感的形容词多了去了,比方说:酥、脆、嫩、滑、韧、软、糯、烂、面、稠、筋道等。英文里就没有这么多花样。西方人常无法理解中国人为什么爱吃燕窝、海参、牛筋、鸡爪、海蜇。除了或子虚乌有或有待考证的营养滋补价值,这些菜肴的一大卖点就是质地。

中国菜讲究色、香、味、型的综合指数,起码牵涉到视觉、嗅觉和味觉,有时还要动用食客的听觉和触觉。食品的口感更是人的口、牙、舌对食物的综合感觉,所以受很多因素的制约。科学研究证明,滋味的80%来自嗅觉,只有20%取决于味觉。又比方说温度。甜和酸的最佳感觉温度是35—50℃,咸是18—35℃,而苦是10℃,而且咸味反应时间最短,甜味和酸味次之,苦味最长。有菜馆以某温度为名,声称这是食品入口最美味的温度,殊不知各种菜色在营养和口感方面都有适合自己的最佳温度,不可一概而论。

口感中最难以捉摸、难以描画、难以沟通的可能就是质感。因为食物的质地由内在的组织结构决定,并非开门见山,一目了然。而质感要牵涉到视觉、听觉和触觉,而不是仅靠味觉。我们鉴定一种布料时,用手抚摸、按捏,再把这种触觉感受与视觉、味觉、嗅觉和听觉相结合,才能全面深入地了解体会。行走时瑟瑟作响的夏布,看上去轻薄明快,摸起来又滑、又凉、又有点硬挺,综合起来,我们就觉得用它做的衣裙质感凉爽宜人。

吃饭也是如此。比方说凉拌海蜇,食材本身除了略带咸味,基本要靠麻油、生抽、香醋、辣椒、葱花和芝麻等来提味,可是吃在嘴里咯吱作响,舌头扫过光滑爽利,牙齿触及脆嫩筋道,夏日小酌,别有趣味。再比方说东坡肉一类的红烧酱方,浓油赤酱之下,当然是亮泽浓郁,芳香四溢,可是如果没有吃到嘴里那酥烂光滑、油而不腻的质感,总要逊色不少吧。所以,我觉得中国菜质感的可意会而不可言传,主要是因为视觉、触觉、味觉、嗅觉的综合使用,交互影响。

据说,为了感官上的愉悦或者弥补视觉的不足,人们往往有一种潜意识的强烈欲望要去触摸物体、体验质地。娇嫩的肌肤,柔软的缎子,毛茸茸的裘皮和闪光的钻石总引诱人们去抚摸把玩。儿童会忘却禁令而"动手动脚",大人却受到习俗法律的约束而遏制自己"上下其手"的欲望,而这种受压抑的欲望往往会潜伏在深层意识中而日益强烈。

那么中国菜的丰富质感为什么却受到"未开化者"的冷遇呢?我猜想,可能是因为食物事关生死,有些不熟悉的质感会因为食用者的本能抗拒,被当作"病从口入"的潜在祸根而遭到摈弃。我小时候对于"软滑"的丝瓜、茄子、冬瓜、豆腐之类的菜色就很不"感冒"。前几天听到美国孩子说芋头的质感像烂泥似的黏黏糊糊（slimy）、令人作呕，倒也差可比拟。

中美素食主义

2003年因为担心H7N9禽流感疫情传播，中国不少人开始茹素。其实同胞们对素食一贯态度模糊。

周作人持中庸之道，赞美佛教不杀生的慈悲心，却提出："赤米白盐绿葵紫蓼之外，偶然也不妨少进三净肉，如要讲净素已不容易，再要彻底便有碰壁的危险。"细究起来，植物也有生命，人总不能只吃腐烂的菜叶、病死的动物或泥石。所以，他不提倡吃素，只主张顺其自然，"蒜葱鱼肉，碰着便吃"，但"无须太是馋痨，一心想吃别个的肉"。如，鸽子、兔子之类可爱的小动物，不必搜求来吃，但专为食肉养的狗肉，他能接受；而且，他虽然不喜欢猪这种动物，却对隽味猪头肉念念不忘，一再提起。周作人艺术与人生哲学的丰富性和复杂性，从这些有关吃食的论述中可见一斑。

中国文人对食物的态度一向极为独特。一方面，道家讲返璞归真，儒家说"过犹不及"，似乎圣人都该箪食瓢饮，自奉简约。但另一面，也有《礼记》中奉为典范的周王室的做派：几千名分工细致的厨房工作人员之外，尚有专司药膳的宫廷营养师。孔子对饮食的品质要求极高，"沽酒市脯"不食，肉块切割的形状不美也不吃。

古之文人以品鉴美食、著书立说为荣，现代学人也爱凑热闹，不时写点吃喝的小文娱乐大众。

在吃素问题上，雅士们的态度就更微妙了。出于对儒家"维生"和道家"养生"的推崇，历代的蔬食菜谱并不少见，有些还是烹饪和文学两全齐美的佳作。比如，宋代陈达叟的《本心斋蔬食谱》记载蔬食二十品类，每品都配有十六字赞。这二十品以豆腐、山药、萝卜、竹笋、栗子、芋头、荠菜、雪藕、荔枝、韭菜、枸杞头、菌菇、白米、绿豆粉、糯米粉等为原料。作者又善于营造进餐氛围，自诩石鼎烹茶，闲坐读《易》，床上围着梅花纸帐，饮食清淡无烟火气。

同为宋人，林洪自封为"梅妻鹤子"林逋的后代，著有《山家清供》，专述宋人山家的饮馔。他在记载近百种"清供"的制法时，又大量引用唐宋诗歌名句，以"山林之味"贬抑"庸庖俗饤"，以"被褐怀玉"之士的"山舍清谈"，贬抑"贵公子"的"金谷之会"。如他谈"青精饭"一味时，论及李白、杜甫："当时才名如杜李，可谓切于爱君忧国矣，夫乃不使之壮年以行其志，而使之俱有青精、瑶草之思。"讲到"傍林鲜"（即煨竹笋），他甚至比苏东坡更激进，苏翁还激赏竹笋烧猪肉不俗也不瘦的滋味，林氏却认为食笋宜全素："大凡笋贵甘鲜，不当与肉为友。今俗庖多杂以肉，不思才有小人，便坏君子。"

见到富贵中人或将军武夫喜欢素菜，林洪每每"大惊小怪"；边喝酒边吃松花饼，他又要感叹"饮边此味，使人洒然起山林之兴，觉驼峰、熊掌皆下风矣"。但《山家清供》中仍有荤菜食谱，包括南方人的最爱——螃蟹，"每旦市蟹，必取其圆脐，烹以酒、醋，杂以葱、芹,仰之以脐,少候其凝,人各举一,痛饮大嚼,何异乎拍浮于湖海之滨。庸庖俗饤非曰不美味,恐失真此物风韵"。可见,林洪只是倡导不破坏食材的原汁原味,并没有激进到让大家一概啜粥食齑的地步。

古今文人爱谈禅,和僧人交往、每月吃几餐素菜者不少。但完全持斋吃素者不多,遑论如李叔同似的出家苦修、奉行律宗戒条了。在吃素方面模棱两可,展示出的性格优点大概是兼容并蓄不极端,顺应人情不生硬。缺点嘛,恐怕就是不认真,无原则,大多从功利、实际出发,一切都可马虎。

相比之下,有些美国人对吃素这件事不但严肃认真,有时甚至显得有点"走火入魔"。他们吃素的原因五花八门。有的人是出于宗教戒律,必须遵守或长或短的"斋期"。有的是为了保护环境,觉得为了肉食而饲养动物是最不经济、最破坏环境的行为。有些是出于道德感,觉得美国饲养业对动物残酷、不人道。当然也有人因为健康原因而"被迫"吃素。最近几年,吃素在美国越来越流行。但有趣的是,美国人对于吃得"多素"也有很多不同的分等分类。

有些素食者不吃鸡鸭鱼肉、虾蟹水产,但吃奶制品。有些吃鸡蛋,但不吃奶制品。有些吃蔬菜和蛋奶制品。吃得最素的是叫"维根"(vegan)的素食者,他们不但不吃任何从动物身上得来的食品:包括蛋、奶制品、蜂蜜和用动物制品做的果冻,有些甚至不穿戴动物的皮毛或使用任何从动物原料加工成的产品。不过,很多自封的"素食者"(vegetarian)认为"肉"的意思就是"哺乳动物"的肉,所以他们也吃鱼、虾、家禽,虽然这些人并不被美国"素食者协会"

认可。

美国的素食主义是二十世纪七八十年代才开始成为主流文化的一部分的。起因是六十年代嬉皮士（hippie）对于资本主义社会高度商业化的消费主义文化的反思。这一代人认为，"肉食性"的社会才会存在性欲横流和暴力行为攀升的现象。因此，他们对素食主义的提倡本身就是对暴力的一种抗议，因为"肉"被视为人类彼此之间残酷迫害、不人道行为的象征。

美国的素食主义不但有自己的历史传承，也与社会地位和性别关系密切。一般说来，素食主义和中上等阶层联系在一起，因为下等阶层由于经济条件和教育水平的限制，不大可能花额外的时间、金钱和精力，去了解、发掘和提倡美味健康的素食。1992年的一项市场调查也显示，美国自认的素食者中，68%是女性，32%是男性。还有一项研究说素食的女性更容易生女孩，因为日常饮食中大豆制品含量高的话，可能会增加婴儿的雌性激素，加快雌性发育，不过也有别的研究说这是无稽之谈。无论如何，美国的素食主义传统由它特有的社会文化决定，和中国素食主义的发展轨迹有很大区别。

吃肉

波兰人民最为不满的是什么？不是物价高涨，不是官员腐败，不是排队拥挤，而是店里供应的肉类数量不能满足消费者的需求！至少，这是美国人类学家马文·哈里斯（Marvin Harris）的说法。在他的专著《神圣的牛和可恶的猪》（*The Sacred Cow and the Abominable Pig*）中，他试图用"唯物发展"（materialist-developmental）的观念来解释各民族在饮食方面的喜好和禁忌。例如，为什么犹太教和伊斯兰教不吃猪肉，为什么印度教不吃牛肉。至于波兰人为什么对肉类情有独钟，哈里斯的解释是肉食提供了人类必不可少的营养，是任何素食的饮食方式都无法取代的。

哈里斯的文笔风趣犀利，引人入胜，然而他的理论却也争议颇多。素食者提出挑战理所当然，就是他的同行人类学家也不以为然。他们觉得他用机械唯物主义解释饮食这类和文化、精神密切相关的复杂现象，实在不怎么靠谱。可是，肉作为一种权力、财富的象征却是由来已久、中西相通的。曹刿论战时说的"肉食者"是有钱有势的贵族阶级。在那个物质不够丰富、生产力水平较低的时代，只有他们才吃得上肉。否则，孟子也不需要在描述王道仁政实现后的美妙愿景时，专门提出"七十者可以食肉也"，大概因为平民老人没有劳动力，往往也就没有资格吃肉吧。古往今来，绿林好汉的远大理想是"大碗喝酒，大块吃肉"，黑社会老大的"上岗口号"是"跟着我有肉吃"。英文中对于养家糊口的顶门柱，也有他（她）"把熏肉带回家"（bring home the bacon）的说法。当今日本社会把"无生机、无感动、无关心"的青年叫作"草食男"，更是从反面证明了"肉食"象征的竞争力和生命力。

留美读博士时有位教授是死忠的"食肉动物"，曾有名言："我历尽千辛万苦爬到生物链的顶端可不是为了吃素。"肯德基也曾推出最新一款鸡肉堡，其新颖之处就在于不用面包卷裹，纯粹是两片金黄厚大的炸鸡块之间夹奶酪。他们的广告中，品尝了这个新品种的顾客一个个赞不绝口，连呼"美味""过瘾"之余，更异口同声地称："面包算什么？（Buns, what are buns？）"这句妙语显然与当年苏联电影中象征丰衣足食生活的名言"面包会有的，牛奶也会有的"大相径庭，也和美国人在较为朴素的时代觉得有了面包就万事大吉的想法——故英文中又称养家者为"赚取面包者"（the bread-earner）——截然不同。我觉得，这个广告还隐隐有嫌弃面包不够性感、不够时髦的意思，因为其中用的"面包"（buns）一词，在俚语中也有"臀部"的意思。

由此可见，大多数时候，肉在美国还是权威、力量、时尚的象征。美国早几年流行的"阿特金斯节食法"（the Atkins Diet）以大鱼大肉为主打，提倡多吃蛋白质和脂肪，不吃碳水化合物。这种减肥法虽然早已被曝光极为危险，前段时期又出台了"南岸节食法"

（the South Beach Diet）。后者虽然不像"阿特金斯法"那么极端，可是主要原理还是减少摄取碳水化合物，多吃蛋白质。

不过，近年来美国人对于肉类的感情逐渐变得越来越复杂、纠结。的确，一朵青花菜哪怕长得再周正、新鲜，也不会引起食客的温柔怜爱之心。可是肉类就不同了。化为盘中餐之前，这些都是四处走动、自由呼吸、大呼小叫的动物，有些甚至可能是某个家庭的宠物。美国消费者因此格外关注家畜，关心家禽生前是否受到过"人道主义"的待遇，他们大快朵颐时能否心安理得。

对铁杆素食者"维根"（vegan）来说，世界上根本不存在"人道主义"肉食品，因为说到底，某种动物为了你的口腹之欲丢了性命。但是，他们也承认，如果大家都不食用肉类，后果不但是工人失业，更可能造成某些家养动物回归野外或者从此消失这样改变环境的局面。对于大多数立场较为温和的美国人来说，关注肉制品的标签就成为日常生活的重要部分。他们希望通过这个办法辨别肉类产品的来源、质量，以求"放心消费"。问题是这些标签含糊其辞，有时反而误导民众。

有段时间在美国闹得沸沸扬扬的"牛肉糜"事件，至今还众说纷纭。事情的起因是有人爆料，肉食业把切割牛排、牛烤肉之后剩下的边角料回炉重造，加入绞肉中，用阿摩尼亚或者果酸进行脱脂处理，然后标榜为"瘦肉"出卖。因此，超市中的牛肉糜、快餐店的牛肉汉堡，其实都含有这种"粉红渣滓"（pink slime）。

一时舆论哗然，家长要求学校供应的午餐中杜绝这类牛肉，快餐行业跳出来表态，说马上停止使用。直接后果是，爱荷华州的三家肉类加工厂停工，六百多名工人因此下岗。当然，也有"反潮流者"。肉类加工业出来辟谣，说他们使用科学、安全工艺生产的"质感细腻"（finely textured beef）的牛肉，专家认为对于人体毫无危害。有些顾客也说宁愿食用这种经过脱脂的牛肉，借以控制体重。

美国健康和人事部管辖下的药品和食品监察局（FDA）掌管非肉类食品的标签说明，可是肉类食品却由农业部（USDA）下属的食品安全检查局（Food Safety and Inspection Service）分管，两者的监测标准、工作程序都不一样，后者的管理明显松懈得多。例如，有些牛肉商在产品上贴上标签，声称"草喂养"。所有肉牛至少在某一时期都是吃草的，区别是真正草喂的牛群一生都吃青草或者干草，而平常的肉牛在三到六个月以后会搬到工厂，以谷类（例如玉米）为饲料。厂商借此加快牛的生长速度，提前十四个月宰杀、上市。

粮食喂大的牛容易得病，因为它们的肠胃本来只适合吃草，所以需要注射抗生素，有时还可能被注射生长激素，人工"增肥"。市面上标有"自然"（natural）字样的牛肉，可能生前曾经接受过抗生素和荷尔蒙治疗，因为这个标记的意思只是肉产品没有加入添加剂或色素。那么那些声称"无荷尔蒙"的牛肉呢？USDA说生长激素目前证明对人体无害，可是肉类上市前不经过荷尔蒙残留物检查，所以奸商可以将其直接注射进牛肉中。另外，美国政府本来就规定喂养肉猪和家禽时不准使用生长激素，有些厂商在产品上标注"没有激素"字样，其实只是守法办事，他们大肆炫耀，是为了蒙蔽不明真相的顾客。

看来，肉食者虽然未必尽"鄙"，在食品安全方面所冒的风险却比素食者更大，即使在管理相对严格的美国也是如此。

饥饱

去年班上有个美国学生是希腊裔，信仰希腊正教，还立志将来当神父。他对希腊正教年历中规定的斋戒日执行得非常严格，一年中倒有大半时间每天饿肚子。看他上课饿得有气无力的样子觉得很不忍，但事关个人的宗教信仰，老师也难以置喙。又有犹太学生每年在犹太历的三四月份逾越节斋戒。问问各人的感受，除了表达虔诚的信仰，他们说饿肚子有助于集中注意力，做好功课。

对我这个从不曾因为宗教、健康、美丽或其他任何原因自觉断食过的人，以上案例既可敬可佩又匪夷所思。研究食品文化超过四十年的美国心理学家、宾夕法尼亚大学教授洛赞（Paul Rozin）却说，人的饥饿与饱足感本来就由特定文化来定义，而不仅仅为满足吸收营养的生理需求。比如，"失忆症"（amnesia）患者吃过就忘，半小时内连吃三顿午餐而不觉异样，实在撑得受不了才停止。一般人坐飞机，哪怕一小时前刚吃过饭，航班上提供餐饮服务时也照吃不误。这不见得都是出于"不吃白不吃"的占便宜心理，还因为什么时候吃，吃多久，吃什么，怎么吃，和谁一起吃，无一不由我们身处的环境决定。

1992年4月23号，中国内地第一家麦当劳在北京王府井大街南端、天安门附近开张。这家号称麦当劳在中国的"旗舰店"的饭馆当时有七百个座位，二十九个收银台，开业第一天接待了四万名顾客。这以后，北京的麦当劳不断增加。全国人民来北京旅游，常常也要光顾一下麦当劳，因为这似乎是咀嚼美国文化最简单直接的办法。

　　现在麦当劳这样的洋快餐店当然各地都有了，但真正喜欢它们的还是以孩子和年轻人居多。就是对这些麦当劳的忠实粉丝来说，最吸引他们的也未必是食物的口味，而是其他的因素：像麦当劳的生日晚会，给孩子的小礼物，比较安静清洁的环境适合约会，等等。问起中老年人，他们的回答多半是：吃不饱。

　　其实麦当劳的食品热量相当高，有时也很油腻，为什么他们会感到吃不饱？我猜想，一来是洋快餐违背了中餐一贯的"饭配菜"原则，即，主食（米饭或面食）加上荤、素、汤等各种小菜。对于我父母那一代人来说，一顿饭不吃主食就像没吃过。在酒席宴会上，即使之前冷菜、热炒、大菜、点心吃得肚膨气胀，最后总要来点米饭或面条、馄饨意思意思，才算吃饱了。

　　但我的同龄人亦如此评价西餐。一个朋友在上海某报社工作，一日墨西哥领事馆请客，他与同事适逢其会。事后问起，他的回答也是：吃不饱。据他说，吃了半天，餐具换了好几套，汤汤水水的，肚子里还是不踏实。最后有一个锡箔包裹的圆形物端上来，每人一个，他与同事以为这下有面包吃，大概可以垫垫饥，结果拆开一看，是一个烤土豆，无盐无糖，没滋没味，真是吃得"嘴里淡出鸟来"。

中国人对洋食品不感冒是由来已久的。过去的留学生赴欧美日，问题最多的就是食物。周作人说他的同学对日式料理惊恨不已，因为它少油少盐，又多生冷。钱钟书也曾赋诗抱怨英国人吃饭，"嗜膻喜淡颉羹混，夷味何能辨素荤"——这会儿他好像完全忘了自己对英国民族性格实际、公平、高效、理智的赞美。要是问起这些当年的海归，他们多半也会说：吃不饱。我看，非不饱也，实不好也。世界上有人"无肉不饱"，其实只因为他们"无肉不欢"。

也不仅是中国人才饮食习惯保守，各民族都有自己偏爱的食物，非此不饱。我的韩国朋友说，过去韩国人无论到天涯海角，随身必带的一定是韩国大米和辣椒。日本人当然一向认为日本大米世界第一。就是我的犹太朋友，也认为贝果（Bagel）是天下最好吃的东西。某日他看到店里出售巧克力口味的新奇摩登贝果，几乎精神崩溃。因为最正宗的吃法应该是加小咸鱼（lox）和软酪（cream cheese）同食。我是酷爱巧克力的人，不解他为何反应如此激烈。"就像在中国米饭里加巧克力浆啊！"他解释说，这下轮到我倒抽一口凉气了。

中美饮食习惯、口味偏好不同以外，对剩饭剩菜的态度过去也不一样。有位美国朋友告诉我，他小时候在盘中剩下不爱吃的青豆、西兰花等蔬菜时，母亲总要一瞪眼，警告说："中国（或者非洲）的孩子还在挨饿呢。"我失笑之余，也想到当年外祖母哄我吃饭的故事。不过，和美国父母的"世界胸怀"不同，外婆的叙事套路另辟蹊径：一是，饭碗里剩下饭粒日后会和麻脸结婚；二是，用餐像"二师兄"一样泼泼洒洒，在饭桌、地面上留下残屑的话，会遭雷公报应，大致都是惩戒、威吓的风格。

美国人一般说来对残羹剩饭总有点不待见。老式英文中有"去年圣诞节留下的水果糕（fruitcake）"的说法，用来嘲笑无人青睐的"剩女"。其实，水果糕内容丰富，卖相喜庆，包含各色坚果仁、红绿果条和朗姆酒，有的也颇可口，只因为储存时间过长，不免遭到白眼。感恩节大餐之后，各家各户处理庞大的烤火鸡，在以后的几周里做三明治、煮火鸡汤、烤火鸡面条（casserole）等，花样百出，但原来的热门大餐依旧不免沦为怨府。下餐馆打包，还有美国人犹抱琵琶半遮面，委婉地称它为"喂狗包"（doggie bag）的。

相比之下，中国传统中对于剩菜剩饭的态度却和美国人大相径庭。过去中国人在外宴客时大手大脚，多叫了一倍的菜肴也豪情满怀，绝不打包。在家却是能省则省，吃饭时务必"打扫战场"，剩菜剩饭全数塞下，否则就是犯了天打雷劈的大错；或者，做一顿，吃几顿，如同穿衣方面的"新三年，旧三年，缝缝补补又三年"。外婆当初讲的故事，传达的是勤俭节约的教诲。民间传说中也有类似的励志小故事，诸如富家子如何浪费粮食，乱倒剩饭，而附近寺庙的和尚（一说是家里目光长远的新媳妇）每次都悄悄地把这些留下晒干，日后荒年到来，果然全家得以果腹，渡过难关等。

剩菜剩饭总要当场解决或者节省下来留待他用的传统，在中国人的饭桌上现在有时还可见到。那年去姑妈家吃饭，她对着怀孕的表妹说"还剩下点菜，你都吃完了吧"，害得那时胃口奇好的表妹被弟弟嘲笑为"吸尘器"。更有传说，著名的扬州炒饭和"平地一声雷"（锅巴汤）就是厨师为了不浪费隔夜的剩饭而想出来的变废为宝的高招。但是，中国人如今的饮食习惯也逐渐和世界接轨了。自从父亲听说绿叶菜不能在冰箱里放过夜，母亲每天的做饭任务就加重了。各种中文媒体也时常唠叨：吃饭时要留三分余地，不要撑得肚膨气胀；"家庭煮妇"们更不要为了节约硬塞剩菜，弄到"三高"。

不过，现代养生之道的主旋律，无论中美都是务必要管住自己的嘴巴，不要因小失大。眼下"包圆"剩菜省了小钱，日后看病吃药可能就得花大钱。这当然有道理，其实也反映了物质生活改善后，老百姓"食不求饱"，而是追求更高层次的价值，包括健康、美味、愉悦、品位等的趋势。只能说，人的饮食习惯果真是文化传统、家庭背景、教养习惯与经济政治的浓缩。

另外，人类心理的一大特点是对经历的时长缺乏判断力。也就是说，我们只能回忆起当初新鲜有趣的感受，但对其持续多久却记不清。所以，吃第十口和第十一口感觉一样，吃五分钟和吃一小时从记忆的角度来看也无差别。因此，仅凭个人感受"管住嘴"，自控减肥十分不易，而要让客人对一顿饭记忆深刻，应当在最初和最后提供让他们惊艳的食品。洛赞对法国和美国人的饮食习惯进行比较分析后还发现：法国人吃得少、吃得慢但更享受食物。美国人吃得多、吃得快，尽管貌似更重视食品的营养价值，健康状况反倒不如常吃高脂食物的法国人。对那些有志于或正在节食减肥者，心理学家的研究当有指导实践的价值。

口有偏嗜

中秋在家，和母亲一起自制了两种酥皮月饼：鲜肉和豆沙馅。我们俩很得意，别人尝了也好评如潮，可父亲偏抱怨"牛油味太重"。苏式月饼要起酥，就得用荤油，这次我们用了从美国带回的牛油，以为比国产的更正宗，比猪油更健康，不料父亲却不欣赏。我自己一品味，没觉得牛油味重，倒是吃着香醇诱人。再一想，养移体，居移气。看来我在"番邦"生活时间长了，平日对奶酪之类的当地美食虽然不感冒，可是牛油烘焙的甜点却吃得不少。于是，不知不觉间对汉民族历来不以为然的奶制品也安之若素了。

美国人类学家安德森曾听他的汉族朋友诋毁奶酪为"鼻涕状的牛肠腐烂排泄物"。食用乳制品自古是北方游牧民族的习惯。中原地区的农业社会生产方式不同，饮食习惯有别，且时常处在匈奴、女真、蒙古、满洲等族的侵略威胁之下，蛮夷偏嗜，也就成了"非我族类，其心必异"的象征。奶制品蛋白质和矿物质丰富，比食用牛羊肉更经济，一向是游牧民族的恩物。元代诗人萨都剌深情地吟咏过"牛羊散漫落日下，野草生香奶酪甜"的上都美景。可是对此汉族士大夫是坚决加以摈弃的。

刘义庆的《世说新语·言语》中早就记载道:"陆机诣王武子,武子前置数斛羊酪,指以示陆曰:'卿江东何以敌此?'陆曰:'有千里莼羹,但未下盐豉耳!'"据说千里湖在江苏溧阳,湖中出产莼菜。现在"千里莼羹"是吴地风味菜的代称,不过陆机的答复暗藏机锋,以饮食习惯的差异对北方统治者进行挑战。

故事中提到的王武子,名济,字武子。他的祖父王昶是魏国的高官,封京陵侯,父亲是声威极隆的司徒王浑,灭吴时曾立大功。作为"官二代",王济出身名门高阀,自以为懂得穿衣吃饭,所以对陆机夸耀江东没有的羊酪。可是陆偏不买账,竟然举出"莼羹",甚至是不加盐豉、可能没滋没味的莼羹,加以抗衡。有人考证,"未下盐豉"中的"未下"是"末下"之误,陆说的是加了"末下"(秣陵,今天的南京)地方特制调料的莼羹。但无论如何,他用江南名物嘲讽北方佬粗鄙的用意一目了然。

莼菜是大名鼎鼎的江南水生植物。据《晋书·张翰传》记载:"翰因见秋风起,乃思吴中菰菜、莼羹、鲈鱼脍,曰:'人生贵适志,何能羁宦数千里,以邀名爵乎?'遂命驾而归。"张在洛阳任职,为了故乡的美食毅然辞官。林洪《山家清供》则考证莼菜和鲈鱼同食能"下气止呕",张季鹰当时心情抑郁,"随事呕逆",所以青睐这种"药膳"。这是一家之言,但如今"莼鲈"已成了乡思的代称。

莼菜绿意盎然,富于诗意。最近过世的大学问家黄裳描写新安江的水色,说它和嘉陵江水以及莼菜差可比拟:"嘉陵水色女儿肤,比似春莼碧不殊"。这个比喻很传神,莼羹就是那种"泛出乳白色的晶莹的浅绿,绿得细腻、柔和"。其实,这种水草富含胶质蛋白,口感黏黏糊糊，全靠牛肉或鸡汤等鲜品提味，本身并不特别可口。作为千百年来江南文人魂牵梦萦的意象，它却承载了厚重的文化传统，让人即景生情，神驰万年。

被陆机嘲笑的王济，本人长相出色，他的两个姐夫——中书令裴楷和太子少傅和峤，都是当时著名的美男子；他的外甥卫玠，素有"璧人"之称，和其岳父乐广合称"冰清玉润"，更有"看杀卫玠"的典故。王武子家世门第不俗，他吃的羊酪一定也非凡品。陆士衡的挑战，除了我父亲那样的饮食偏见作怪，更多是出于彰显身份的政治考虑。

用食物讲故事，通过宣扬自己的口味嗜好争意气、拼地位的做法，古今相同。当年想到"海派清口"大火的时候，据说周立波拒绝春晚的名言是："我是喝咖啡的，赵本山是吃大蒜的，怎么好放在一起。"有位河北保定的小青年闻言不忿，在网上发视频，自编自演了一段顺口溜独白，对周立波的小资摆谱大加鞭挞，夸耀河北出过圣人才子、帝王将相的光辉历史，也置疑周立波本人是否真是上海"土著"的家世。表演人口齿伶俐，热情洋溢，可谓有才。不过这么纠结于"家庭出身"、地域文化，似乎也凸现了他本人的不安全感，让我想到阿Q眼红未庄赵秀才家的财势时的发言，"我们先前比你阔得多了"。

其实喝咖啡也好，吃大蒜也罢，都可以看作个人的口味偏嗜。有赞美咖啡香浓的，就有嫌弃它像中药的。有力挺大蒜爽口健身的，就有厌恶它中人欲吐的。饮食之道，众口难调是常理，大可存异不求同，萝卜青菜，各有所爱。问题是一旦把个人的饮食习惯上升到地域文化甚至民族文化的高度，矛盾就出现了。

"小河北"出言不逊攻击周立波，小人物出了恶气，大人物也无须计较。毕竟是周立波先以口味暗喻品位，将"洋里洋气"的咖啡和"土得掉渣"的大蒜对照，进而彰显自身文化的优越性的。不过，听说北方文化界对于周立波不以为然的大有人在，认为他把海派清口这种南方的小噱头、"小肉荤"和国剧雅韵、西洋歌剧相提并论是狂妄自大，不知好歹。这其中有多少是平心而论，有多少是"大北方主义"作怪，这里暂且不谈。至少就我本人而言，庙堂阳春白雪的"正声"和民间下里巴人的"俚乐"都有存在的合理性和发展的空间，北方和南方观众因为方言的差异，对于地方曲艺节目各有偏好也很正常。

只是我这个久居异国的江南人，口味也早就没那么"地道""正宗"了吧。

食疗

秋风起,宜进补,是中国民间的共识,可梁实秋认为此说毫无营养学根据。在评论元代御医忽思慧所著的《饮膳正要》时,他不但将其中诸多"食疗"菜谱斥为"附会可笑",还对今人信奉的当归鸭、香肉等秋补食品不以为然。《饮膳正要》称得上搜集了元代宫廷的食疗秘方,但烹饪手法不甚考究,又多牛羊肉食。汪曾祺曾按图索骥,用一张驴皮加草果若干斤复制其中的"驴皮汤",颇费柴火而难以下咽,让他感慨:"元朝的皇帝食量颇大,而口味却很粗放。"

宫廷之外,食疗方也在中国民间流行。宋代陈达叟的《本心斋疏食谱》、林洪的《山家清供》以及明代高濂集大成的《遵生八笺》,都是文人隐士探索养生之道的著述。高濂是浙江杭州人,生活于万历年间,虽然当过小官,但早早就隐居西湖,寄情山水了。他所作的《玉簪记》名列中国古代十大喜剧之一,辞藻清丽,红遍南北,写的是女尼陈妙常与书生潘必正的爱情故事,就是《霸王别姬》中程蝶衣小时候老唱不好的那出戏。高氏擅长诗文,对藏书、赏画、论字、侍香、度曲等也无不精通,还有《牡丹花谱》与《兰谱》传世，是个爱好广泛的妙人。

他又兼通医理，著有《遵生八笺》十九卷，分成八个部分，系统阐述他的养生思想："清修妙论笺""四时调摄笺""起居安乐笺""延年却病笺""饮馔服食笺""闲清赏笺""灵秘丹药笺""尘外遐举笺"。顾名思义，"饮馔服食"部分关注食疗。但高氏"遵生"之论，兼及衣食住行的方方面面，烹调、旅游、静坐、按摩、做操，乃至打家具、制药丸等无所不包，一年四季的保养又各有侧重，可谓既综合全面，又灵活机动，还借鉴了他从事各种休闲文化活动的心得经验。

高濂认为，养生之道"无问穷通，贵在自得，所重知足，以生自尊"，而且"摄生尚玄，非崇异也。三教法门，总是教人修身、正心、立身、行己、无所欠缺。为圣为贤，成仙成佛，皆由一念做去"。所以，他在书中对儒释道三家的经典和历代文人的著述兼收并蓄。例如，他引用黄庭坚的《食时五观》，提倡我们要诚心正意，吃饭时自我反省："一曰计功多少，量彼来处。二曰忖己德行，全缺应供。三曰防心为过，贪等为宗。四曰正事良药，为疗形苦。五曰为成道业，方受此食。"总之，要常存感恩、惜福、俭朴、上进之心。而"贪嚼无忌"，"欲贪异味，以悦吾口者，往往隐祸不小"。

高濂所传承的古代食疗思想，强调"适口充肠"，因地制宜，随时而动，食物无须多么名贵、稀罕。如唐人的"冰壶珍"，不过是酒后入口的冰冻菜汁（齑）。又提倡素食，觉得"味含土膏，气饱霜露"的蔬菜滋味远胜大鱼大肉。如《山家清供》说的"傍林鲜"

就是煨笋，作者林洪认为"大凡笋贵甘鲜，不当与肉为友。今俗庖多杂以肉，不思才有小人，便坏君子。"另外，注重烹饪手法返璞归真，崇尚朴实、清淡的"本味"。总之，以鲜洁为务，以养生为本。梁实秋赞同忽思慧引用《素问》中的"五谷为食，五果为助，五肉为益，五菜为充"几句，认为合于现代"平衡的膳食"之说，其实这也是古代食疗的宗旨。

口腹之外，尚有事在；无论是关心民生疾苦、有志于年丰人寿的入世志向，还是修身养性、追求完美人生的出世情怀，养生先养心，自奉宜简易，才不至沉溺饮食，反为口腹所累，这是古代学人士子的情怀。然而年代久远，文人雅士又缺乏"科学"头脑，流传下来的文字多穿凿附会，作为文学作品看淡雅有味，对中医食疗的确切原理、具体章程就语焉不详了。

相形之下，上海中医药大学教授匡调元创立的以"辨体质，论饮食"为主旨的体质食疗法知识性、理论性较强。中国古代哲学追求平衡，《易经》主张天人协调，人与天地相应，既要顺应自然，又要能动地改造自然。他因此提出"人食同气"理论，即人与其相应类型的食物相合，与不同类型的食物相斥，相合则有益，相斥则有毒。他提倡用食物的性和味调整体内的阴阳失衡，使其趋于中和。按照不同的体质类型，通过调整饮食结构达到养生美容、防病治病、延年益寿的目的就是他的畅销书《中华饮食智慧》的核心观念。

作者出生于1931年，西医科班出身，1956年毕业于上海第一医科大学，一直从事病理解剖学方面的科学研究。1960年起又学中医，开展中西医结合治疗研究。他倡导的"体质病理学""整体制约论"及"体质食疗学"曾受到钱学森的肯定和褒奖。《中华饮食智慧观》连续发行六版，显然也受到某些读者的肯定。

此书第一部分从中华饮食文化概述开始，详细介绍了他的体质食养理论，不但简述各型体质适宜的食品与食谱，还从年龄、性别、地域、季节差异等方面加以阐发。第二部分则关注饮食养生，秉承中医学药食同源、同性、同理和同效的理论，分析食物的性、味，举例说明常见病的食养食品，介绍常用食物的性味，功能，体质适宜、禁忌，最后还附上日常食物的食性分类和胆固醇含量表等。

说到底，体质食疗就是要按照不同的体质类型正确选择食物，尽量避免"食误"，并持之以恒，调理体质，恢复健康。匡氏提出的六种体质，除了正常质属于平衡健康状态，其余五种都有毛病。燥红质面色红赤，口燥，易便秘，忌温热、辛味食品。迟冷质面色苍白，怕冷，尿频，忌凉寒、苦味食品。倦㿠质面色苍白，乏力晕眩，手足易麻，适合温平、甘辛食品，忌寒凉苦味食品。腻滞质面色萎黄，胃饱胀，痰多，口干，宜温平、淡味食品，忌寒性、酸味食品。晦涩质面色晦暗，眼眶发黑，身上发痛，忌酸苦、寒性食品。

西医只讲食物的营养、成分，中医却要论食物的性（寒、热、温、凉、平）、味（甘、酸、辛、苦、咸、淡）。书中说怕冷体质要多吃温热食品，怕热的当食寒凉食物。辛味能散能润，甘味能补能缓能和，淡味能渗能利，酸味能收能涩，苦味能泄能燥能坚，咸味能下能软能坚。虽有列表、分类，方便大家按图索骥，但在我这样的一般读者看来理论颇复杂。因地制宜、"君臣配伍"的食疗养生方子则更须求助于靠谱的专业人士，实际操作性有限。而且，书中有关含胆固醇或嘌呤高的食物引发疾病、腌渍食物致癌以及肥胖超重根源等的论述，最新科研已证明并不准确。

我觉得此书价值有三。一是作者关注健康和生病状态之间存在的亚健康状态，提倡全面调理，提前预防，比西医头痛医头、脚痛治脚高明。第二是他提倡针对个人不同的体质特征对症下药，食养就能更细致有效。第三是他"药害不如食害"的说法强调了饮食健康的重要性，批评胡乱进补、片面追求食物口感的饮食方式，提倡内外兼修，足以让大众自警自律。至于忌嘴要不要那么琐碎、谨慎，火锅、"冰饮"是否毒药，那就见仁见智了。

好吃与好看

李安的《饮食男女》在美国上映的时候，许多观众提出的问题是：电影里有那么多好菜，朱家的三个女儿怎么还能保持身材苗条？我当时听了觉得美国人真是老实，这是艺术创造，当然不能以常情推断之。这部电影在世界各地都很受欢迎，几年前美国还有一个"山寨版"的《饮食男女》推出，叫作《Tortilla Soup》（一种墨西哥浓汤，以烤熟的玉米片加奶酪作料等制成），其中的家庭成员、情感纠葛全都一样，只不过换成了拉美裔的人物和食物。

我看过与食物有关的外国电影，"好吃又好看"的有两部：一是黑白片《巴比特的盛宴》，另一是日本电影《蒲公英》（*Tempopo*）。前者说的是一个北欧的小镇，民生寒苦，整年吃咸鱼干和粗面包。又因为恪守清教徒的规矩，不吸烟不喝酒，个个自奉甚俭而面色阴郁。忽一日，来了一个避难的法国女人巴比特，因为法国正处于血腥的大革命时期，许多贵族都上了断头台。巴比特一待就是多年，给牧师家做厨娘，整天做的不外是咸鱼干和粗面包。直到法国国内尘埃落定，她得了一笔遗产，大家才知道她原是巴黎一家著名饭馆的大厨。巴比特说要给全镇做一顿晚饭感谢大家的收留。这一餐，真是吃得风云变色，春暖花开，换了人间。许多平日不展的眉头解开了，很多陈年积怨化解了，最后大家甚至醺醺然跳起舞来。第二天，大家以为巴比特一定要离开小镇，去巴黎享受荣华富贵了。她却照常洗碗做饭。一问，她说，那一顿盛宴花去了她所有的资产。

《巴比特的盛宴》大约可以当比喻宗教和人性的寓言故事看，《蒲公英》就更为世俗温暖些。片名是一家小面馆的名字，有一个单身母亲做老板，主要是做来往于公路上的司机生意的。影片的主线是一个卡车司机如何想尽办法帮助这个女老板做出"日本最好的拉面"，但还有其他许多有趣的副线。我记得最清楚的有这样几个情节。

一是司机和女老板为了获得某面摊老板汤料的秘方，买通了他的邻居，深夜刺探。可是女老板在窥视孔中看到的是一个生猪头，两个眼珠直勾勾地盯着她，吓得她嘤咛一声，昏倒在地。还有就是一个黑社会头目遭到伏击，血淋淋地死在女友怀里时，还在讨论冬天猎到的野猪，肠子里面装满了番薯，加上一点酱油该多么美味！再有，就是一个七八十岁的老人，家里人都不让他吃黏性特强的糯米糕（mochi），他偏要偷吃，结果几乎哽噎致死，急用吸尘器探入喉咙猛吸，才救了他一命。

吾乡人有云"贪嘴不留穷性命"，斯言诚然。很多中国人对于美食的情结，是超越了仅仅对于温饱与小康的追求的，是上升到美学、哲学、宗教和命运的高度的。由以上两部电影来看，外国人中也不无同好者。但不少西方"饮食片"中免不了"食之罪"的阴影笼罩。《巴比特的盛宴》还能算云开日出，人性战胜了神性。

1971年发行的英国经典音乐电影《威利旺卡和巧克力工厂》（*Willy Wanka and the Chocolate Factory*）的教化意味更强。

这部电影改编自威尔士作家罗尔德·达尔（Roald Dahl）1964年发表的小说《查理和巧克力工厂》，据说灵感来自他童年时代就熟悉的英国巧克力制造商吉百利和竞争对手互相刺探工业机密的行为。电影说的是巧克力工厂主威利旺卡将五张金奖券藏在出厂巧克力的包装纸中，宣布谁找到了可以获得终身的免费巧克力供应。消息一出，世界震动，不少富家子弟雇人买旺卡巧克力、拆包装纸。最后有五位儿童获此殊荣：贪吃痴肥的男孩，骄纵跋扈的工厂主女儿，不停咀嚼口香糖、和同伴争风的小姑娘，废寝忘食看电视的男孩，以及本片主角、家世贫寒的小男孩查理。查理每天上学之余，还要卖报补贴家用，帮助洗衣妇母亲供养四位卧床不起的长辈。

电影对主流意识形态的宣传十分明显。五个儿童参观巧克力工厂时，四人因性格缺陷遭到恶整，只有孝顺勤劳的查理最后被任命为巧克力工厂的下任厂主。这部电影拍摄时胶片还是黑白的，后来上色修饰后放映，画面效果差强人意。不过，如今它在美国却拥有自己的忠实粉丝团。但我觉得更有意思的是它折射出西方人对吃食的纠结态度。一方面，贪吃、刁蛮、自私、放纵的不良儿童——受到惩罚。他们摔进巧克力河流中、跌入"坏蛋"排放管、变成一个大蓝莓或被太妃糖机器拉长，最后失去竞争资格，灰溜溜地离开。每次状况发生时，在工厂工作的小黑人还要从旁载歌载舞，提出节制胃口、体贴他人、专心用餐等美德。另一方面，电影彰显的正是西方人对美食特别是甜点的痴迷。巧克力工厂里万物都可食用：长满了糖苹果的树木，会自动喷射奶油的蘑菇，缀满棒棒糖的灌木，充满糖块的南瓜，更有那条日夜流淌着巧克力浆的小河。

该片对美食的执着，和欧洲中世纪人民对乐土"可卡因国"（Cockaigne）的幻想异曲同工。那时农业生产水平有限，社会分配不公，大多数人常年忍饥挨饿，斋戒固然出于宗教信仰，但也有物质匮乏的根源。所以人们想象中的乌托邦就是食品大量丰富的所在：美酒奔流成河，烧鹅会背插刀叉、自动跳下盘子供人食用等。不过，基督教义又将饕餮（gluttony）列为七宗罪之一，与傲慢、妒忌、暴怒、懒惰、贪婪和色欲相提并论。不过在我看来，这部电影名为"饮食片"，其实"不好吃也不好看"。

近年来看过一部获奖的美国纪录片《旋转的餐盘》（*Spinning Plates*），颇为不俗。

表面看来，片中描绘了截然不同、毫无关联的三家餐馆。第一家"艾丽娜"（Alinea）坐落在大都市芝加哥，以厨师创意著称，被视为"分子美食"鼻祖、现代烹饪先驱。根据权威排名，它获得烹饪界最高荣誉：米其林三星，被视为"美国最好的饭馆"。大厨艾萧兹（Grant Achatz）表示，烹饪要表现个性、创意，而不是重复法式或意式烹饪的经典菜色；他的饭馆是"艺术、技术和科学"的综合结晶。厨房里充斥着各种让人觉得匪夷所思的家什：零下50℃的冰冻台、氮气罐、喷火枪、萃取香味的工具等。内部装修富于玄幻色彩，每道菜都像精美的雕塑，食材、滋味、形状力求让人"拍案惊奇"。餐馆每日客似云来，挤满了慕名而至的"开洋荤"者。

第二家餐馆地处中部爱荷华州人口只有三千的一个小镇，由在此扎根一百六十年的德裔布莱特巴赫（Bretibachs）家族经营，一周七天开业，从早到晚供应的都是家常饭食。早餐是煎蛋、吐司、香肠、咖啡，午餐和晚餐有吃到饱的自助餐，提供炸鸡、土豆泥、牛排、水果派等。远悦近来，生意极好，母亲节时有人宁愿等三小时也要来吃饭。第三家是西南部亚利桑那州图桑市的墨西哥餐馆，夫妻两人带着四五岁的女儿，兢兢业业，希望能赚到足够的钱保住自家的房产。但是生意一直不景气，开了一年被迫关门，因付不起贷款房子也被银行查收。

然而，纪录片将三家的故事水乳交融地结合在了一起。影片开始，导演似乎是在抒情的背景音乐下交错叙述三个饭馆老板不同的经历，故事平行发展，互不相干。但观众逐渐意识到共通的主题。首先是这三家餐馆都经历了挑战和苦难。墨西哥餐馆的老板小本经营，吃辛吃苦依旧不能保住家产。爱荷华小镇的历史餐馆则在2007年到2008年的十个月中遭遇两次火灾，第二次更是在全镇帮助他们花六个月时间重建后，再度烧成白地。至于众人心目中艳羡的明星大厨艾萧兹则在三年前被诊断为肺癌第四期，肺部75%被恶性肿瘤挤满，甚至从喉头就能看到部分肿瘤。医生曾建议从脖子下刀，切掉下巴和舌头。他觉得丧失味觉、嗅觉无法做厨师的前景生不如死。后来他靠芝加哥大学医学院的试验性药物化疗得以幸存，但每过两周要回医院复查，有60%的可能性会死于癌症。

其次，大厨的背景、家庭定义了餐馆各自的独特风格。经营墨西哥餐馆的夫妇继承了自己母亲做饭的菜谱，为了家庭、孩子的未来从早到晚努力工作。艾萧兹的父亲是酒鬼，他从小经历了父母离异的感情创伤，又身患癌症，劫后余生。他像活不过明天那样勇于创新，是因为觉得生命短暂，必须在世上留下自己的痕迹。而爱荷华小镇餐馆一直立足社区，是大家聚会的场所，老板乐于为公众服务，居民也把餐馆当成自己的家，每天早晨都会有人拿着老板给的钥匙去开门、开灯、煮咖啡，等候早餐供应开始。

纪录片的最后，大厨艾萧兹揭示了谜底。童年时代他父母在密歇根小镇开过餐馆，像那对墨西哥夫妇一样带着才五岁的他上班。父母的小餐馆也和那个爱荷华餐馆一样，是社区活动的中心。有人问他：怎么会从那样卑微的餐饮业背景成就如今的高大上地位？他回答，无论供应什么食品，普天下的餐饮业人员做的都是两件事：带给顾客舒适欢乐，同时也让他们在进食的过程中了解大厨，理解自己。

过去我总觉得美国人和中国人对待食物的态度大相径庭。国人提倡勤俭节约、朴实寡欲的美德，但前有商周把饕餮列为龙九子之一，铸于青铜大鼎享受美食，后有历代文人对口腹之欲津津乐道，不以兼职"美食家"为耻。可见在中国，讲究饮食能创造文化资本，让个中"专家"赢得荣耀和地位，而不是被视为洪水猛兽而遭到摒弃。而美国人不但继承了基督徒"七宗罪"的负疚感，而且对当代的"肥胖传染病"忧心忡忡，各种节食、减肥，无所不用其极，简直将"大腹便便"视为道德缺陷。但这部纪录片的亮点却是传播了正能量。哪怕其中的食物并不美味，却发人深思，可以算"好看不好吃"的电影吧。

女作者笔下的美食旅游

无论古今中外，饮食评论的话语权一直掌控在男性手中，哪怕家里下厨的以女人为主。能看到女性锐身自任，走出去，吃遍天下，还留下文字记录，值得庆幸。以下是近年来女人介入中华饮食文化界的两个例子。

周芬娜的"美食旅游"

周芬娜出身台大历史系、台湾政治大学东亚研究所，又在美国读了计算机专业硕士，后来成为《职合报》旅游版的专栏作家，并出版了一系列"绕着地球吃"的美食旅游文本。最近我阅读了她通过北京三联书店于2003年和2012年分别出版的《品味传奇：名人与美食的前世今生》和《品味传奇Ⅱ：大唐风范与民国范儿》。这是她近年来旅游中国大陆的记录，将旅游、美食、历史和人物传记融为一体，颇有意趣。

第一册中，作者分上海、浙江、江苏、广西几个部分阐述名人的口味偏嗜，民国政要蒋介石、汪精卫、宋美龄，黑帮老大杜月笙，电影明星阮玲玉，文人雅士张爱玲、胡兰成、徐志摩、梁实秋、鲁迅、朱自清、陆文夫、白先勇，甚至明清知味者吴敬梓、乾隆、曹雪芹和袁枚都有所涉及。每篇以旅游体验的描述始，以历史考据和作者点评终，附带人物小传和大量彩色图片。

第二册和第一册的格局基本一致，但包罗台湾、香港、安徽、东北、四川、湖南、天津、北京、福州、洛阳等地的美食，人物则有林语堂、王永庆、孙中山、邓丽君、张学良、唐鲁孙、萧红、袁世凯、林则徐、毛泽东、张大千、周恩来、宋庆龄、梅兰芳、武则天、慈禧太后、李小龙、金庸等，地域更为广阔，内容更为丰富，但也有驳杂、浅表之嫌。

看后的总体印象是，作者针对的读者群应该是对大陆各地的饮食传统和民国历史了解不深，但又热衷于享受旅游和美食者。周芬娜对大陆美食的体验，尤其是在第一册内，基本局限于导游安排的大饭馆或是卖"噱头"的"红楼宴""乾隆宴"之类。一次邂逅，短暂接触，她虽用生花妙笔刻画出令人垂涎的各色美食，但浅尝辄止，缺乏对家常饮食的全面再现，更遑论深入分析它们承载的经济、政治、文化信息。因此，周氏出品既不是对当代中国柴米油盐的平民生活的如实报道，也非政治经济学的学术著作。

罗列名人酷好的食物是《品味传奇》的一大看点和卖点，读者能据此想象衣香鬓影的上流社会生活、才子佳人的痴缠浪漫故事乃至民国或更久远年代的独特风味，从美食中即小见大，似乎物超所值。但要注意，书中的"传记"颇多附会传言，不是铁板钉钉的史料，有时还有"低级错误"出现：如陆文夫小说《美食家》中的美食家名叫"朱自冶"而不是"朱自治"。这不一定是周芬娜搞错了，也许是三联的校对员工作失误。但像我这样习惯多想的读者，不免就要质疑作者的功课是否做得扎实。

这两本书的优点也很明显。平易近人，可读性高，适合作为茶余饭后消遣。"驴友"如对美食感兴趣，按图索骥、照此办理的可操作性也高，因为书中所记多半不是特别奇特、珍稀的菜品。当然，食客需要具备一定的经济基础才吃得起书中的知名餐馆。

论平实厚重，这两本书稍有不足，论轻松休闲则绰绰有余。三联出品，排版清晰，装帧精美。看完二书，除了"美食旅游"这个词，我想到的是美国人说的"咖啡桌书本"（coffee-table book）。这个词原指装潢华美，模样周正，放在家中咖啡茶几上既可当摆设，又能供主、客随意翻看，并含蓄地表明购书者身家的书本。我这里借用此词不含贬义。读者的需求千千万万，自不必要求所有的书籍都分析深刻，评论精当，学术价值高超。

丝路寻面

世界上最早的面条是谁发明的？北魏贾思勰《齐民要术》中的"水引"常被视为有关面条最早的记录：先用酸浆或白醪酒做"酵头"发面，面团断成筷子粗、一尺长，再揉拉，最后把"手工拉面"放入锅中煮熟。当时面食都叫"饼"，即水和面粉"合并"而成。水煮实心类的有"汤饼"（"水引饼"），即面条。包馅的叫"馄饨"，包括饺子、包子。火烤的有烧饼、胡饼，有馅无馅都可。蒸的叫"蒸饼、笼饼"，即馒头。还有油炸馓子类，如"环饼"。

对华裔美籍作家、北京"黑芝麻"烹饪学校校长林刘珍（Jen Lin-Liu）来说，这个问题可不简单。2002年青海喇家发掘出了四千年前用粟米、黍米做成的"面条"，但此说不无争议。首先，粟、黍米粉无法拉成面条，二来，"证据"一见空气就溃不成形，无从考证。于是，珍追根究底，从北京出发，沿"丝绸之路"经山西、陕西、甘肃、西藏、新疆、乌兹别克、土库曼、伊朗、土耳其等，最后到达地中海马可波罗的故乡意大利。

《面条之路》(*The Noodle Road: From Beijing to Rome with Love and Pasta*) 描述了作者为时六个月的寻面之旅，分中国、中亚、伊朗、土耳其、意大利五部分，每部分前有地图，后有食谱。她一路见识了各色面食，也碰到了各色人等。她进入家庭厨房、烹饪学校、茶馆饭店，学习地道的烹调手艺，和当地妇女并肩工作。她在西藏品尝了四方形、邮票大小的手工拉面，和洋葱、羊肉、菜椒同炒，筋道香辣。再往西，她尝到了类似馄饨、饺子、包子的各种吃食，尽管馅料是牛肉、羊肉、南瓜或奶酪：中亚的"manta"、土耳其的"manti"和意大利的"tortellini"。

丝绸之路上未必处处都是面食唱主角。中亚诸国的各种加料米饭是当地人的待客必备。确实，小麦在丝路谷物中属于"后来者"。就中国而言，原产中东的小麦四千年前才通过河西走廊传到中原，三世纪时中国人才开始吃面食。水稻七千年前就传到长江中下游，公元前两千五百年中国人就开始吃米饭了。在伊朗，作者重新了解了什么是"烤串"(kebab)：不必用羊肉，不必插在签子上，肉、蔬菜、水果只要用火烤过，配上主食都算。在意大利，她品尝了酿造二十五年的葡萄醋。意大利人每天晚上九、十点钟吃晚餐，一顿饭延续四五个小时，为什么还那么苗条？因为他们早餐只吃几片吐司，零食是香烟，上午十一点以后就不再喝热量巨高的卡布奇诺了。

"寻面"是本书的情节明线，暗线是作者对个人身份的探寻。她父母老家福建，青年时代作为"外省人"从台湾地区移民美国。她在芝加哥出生，在南加州长大，一直感到夹在东西文化间的尴尬。此书开始时，她刚嫁了个来自马萨诸塞州的白人。她和丈夫因同在中国担任新闻记者结识，但兴趣爱好有很大差异。她爱烹饪、艺术，丈夫喜欢自然、室外运动。婚后，她为"妻子"的身份深感困扰，也担心要孩子会剥夺她作为职业女性的独立。对性别身份的探索让她格外关注各地妇女：忙了工作忙家务的女性，家庭中没有话语权的妇女，迫于社会压力结婚但不堪家暴离婚、希望移民美国的中亚女子等。

　　丝路寻面之旅让作者发现面食跨越了国家、阶级、政治的界限，成为各地餐桌上朴实而富于创意的家常食物。各国人民好客、真诚也如出一辙。他们为招待她这位素昧平生的客人特地宰羊，免费提供吃住，欢迎她进入当地人的家庭。这表明，无论民族、国籍，人与人的共性远大于差异。本书结尾，她尽管依然没搞清面条的起源，但已不为身份烦恼了，因为一路碰到了很多身份模糊者。她说，也许"东方""西方"就像"丝绸之路"一样，只是为方便甄别而起的名号而已。

餐桌礼仪的喜剧

以前有个朋友的女友是个毒舌女郎。因为朋友爱吃方便面,她便评价说:"你以后死了,尸体都不会腐烂",盖因方便面中的防腐剂太多也。朋友吃饭又酣畅淋漓,时常啧啧有声,让她看不下去,声称:"你应该跟二师兄学学吃饭的规矩。"看过《西游记》的都知道二师兄是何许人吧?

看八卦新闻,常有曝光国内游客出境之后如何在各方各面,尤其是餐桌礼仪上头露乖出丑的,比方说,吃饭时发出声响,咀嚼时张开嘴巴,喝了酒就要吆五喝六等等。听说前两年还由政府出面,给大家传达了一些在境外如何"文明"行事的须知事项。对此,较为洋化的得意于自己的"素质"高,认为崛起的中国也要在精神文明上与国际接轨。国粹派的就要引用"中国国情",骂骂假洋鬼子,发些愤青的言论。孰是孰非,暂且存而不论。我倒想起了一些与餐桌礼仪有关的趣事。

自封"老饕"、出身名门的赵珩先生有言,所谓"恶吃","一是吃不应入馔的东西。二是挥霍无度、暴殄天物。三是与饮食有关的种种恶习"。二十世纪初期受过欧风美雨洗礼的现代知识分子常抨击中国人在饮食方面的"陈规陋习"。夏丏尊评价说："中国民族的文化，可以说是口的文化。"他抱怨同胞宛如从"饿鬼道投胎"，"在中国，衣不妨污浊，居室不妨简陋，道路不妨泥泞，而独在吃上分毫不能马虎"；"吃字的意义如此复杂，吃的要求如此露骨，吃的方法如此麻烦，吃的范围如此广泛，好像除了吃以外就无别事也者，求之于全世界，这怕只有中国民族如此的了"。王力对中国人热衷的请客、劝菜等风俗深恶痛绝。他曾发表诛心之论，认为同胞请客并非出于好客的美意，而是使用"小往大来"的权谋手段，让被请者吃人嘴软，与人消灾。他年少气盛时，因在某次酒席上嫌弃自己饭碗中堆得密不透风的都是他人挟来、沾染了别人唾液的菜色，翻脸让主人给换一碗白饭。

为"恶食"辩护的也有。比如林语堂盛赞中国饮食文化，将其鼓吹为中华民族的生活艺术和千年文明的象征。他承认中国人在饮食方面完全丧失了在建筑、美术领域"恰到好处"的分寸感，二三十道菜上桌后，还能手捧烤鸭据案大嚼。但他依旧认定"人世间倘有任何事情值得人的慎重将事者，那不是宗教，也不是学问，而是吃"；"未吃之前，应先热切盼望着，东西端至己前，先沾一些尝尝滋味，然后细细咀嚼。即食之后，大家批评着烹调的手法，非如此，不足以充分享受食物"。还有，章太炎有鼻炎，需以嘴呼吸。他吃饭又特别快，很容易把饭菜呛进气管，但他每每喷饭满桌而怡然自得。这些在他的崇拜者看来，都是可爱、特立独行、让人回味无穷的。我感叹爱屋及乌之余，只能说：文豪是可以的，我辈小人物照此办理，就会惹人诟病。双重标准，自古而然。

日本电影《蒲公英》中有一情节，一位日本礼仪老师教导"淑女速成班"的成员如何食用意式通心面。只见她左手持叉子，右手执调羹，将面条徐徐吸入樱唇，并再三告诫：不准出声！学员都努力模仿。忽听耳边吸面之声大作，回头一看，是一个欧洲人模样的男顾客正据案大嚼。于是，大家都不顾老师的教导，也开始照样学样了。其实，日本人在吃拉面的礼仪上，早想出了又冠冕堂皇又让自家舒畅的理由。我的日文老师曾告诉我们：日本人吃汤面时发出窸窸窣窣的声响，一来是面汤太烫，需借此散热；二来是不如此不足以表达对食物的欣赏和对厨师的感激。我大为佩服，觉得这样的解释中国人也可借鉴引用。

关于用餐礼仪代表的文化身份，几位美籍华裔作家也有妙论。包圭漪（Cathy Bao Bean，1942— ）的姐姐鼎鼎大名：包柏漪（Bette Bao Lord，1938— ）是曾获得美国图书大奖的长篇小说《春月》的作者，前美国驻华大使温斯顿·洛德（Winston Lord）的夫人。包圭漪本人也是出色的作家和演说家，还是我任教的美国格林奈尔大学的校友、陶瓷艺术家班耐特·宾（Bennett Bean）的太太，我曾经邀请她来给我的学生做过讲座，内容就是她的回忆录《筷子－叉子公理》（The Chopsticks-Fork Principle: A Memoir and Manual）。

包圭漪妙语连珠，通过中美饭桌礼仪的差异亦庄亦谐地讨论了两国文化的差异。据她说，中国式的"筷子桌"通常团团围坐，不分高下，大家从一个碗盏中取食，边吃边聊，共享美味和生活，真是热闹又和谐。而美国式的"叉子桌"却是长方桌子，男女主人各自占据头尾，客人分坐两旁，每人用刀叉在自己的盘里进食；用餐时讲究"食不言",最多只能和座位两边的客人轻声细语地讲话,桌子对面的客人和自己中间就会间隔着花瓶之类的大件装饰品,结果吃饭时各自为政,冰冷无趣。而且,美国人用餐时杯盘餐具花样之多,让人眼花缭乱,其实华而不实,和中餐相比,菜肴的品种和数量都大有欠缺。所以,她的结论是,从用餐习俗看,中国文化注重家庭社区、亲情友谊,美国人则太强调表面文章、个人主义。

包氏的"中美文化分析比较"当然不乏幽默夸张之处,我的美国学生也抗议说他们在家吃饭并非作者描述的那样完全缺乏饭桌上的互动交流。不过,在美国的餐馆吃饭,中餐、西餐馆的分贝和氛围的确存在明显差异。国内近年来鼓吹"盛世文明",大众的"素质教育"也日益受到重视,媒体不时发布忠告、指南,让同胞们出国时在公共场合注意礼仪,不要给中国人丢脸。有趣的是,对于在美国生活的华裔知识分子,有时候弘扬中国文化传统,特别是饮食文化习俗,却是他们身份政治的重要组成部分。

另一位著名的华裔美籍作家谭恩美(Amy Tan)写过一篇回忆散文,题为《鱼颊》(*Fish Cheeks*),里面说到她小时候请一位美国男同学和他的父亲来家里参加圣诞晚餐,父母做了一桌中国菜招待客人:"汽车轮胎"似的鱿鱼,"白色海绵"一样的豆腐,还有一条全须全尾的清蒸鳕鱼,让两个美国人大惊失色,手足无措。谭恩美的母亲特地把鱼颊上的肉夹到女儿盘中。她的父亲在饭桌上发出响亮的饱嗝,还对美国客人声称这是中国人表示欣赏、享受食物的方式。其他亲戚则吮吸筷子,欠身夹菜,无数筷子伸进同一个菜碗里,种种"恶行恶状",都让她感到无比尴尬,如坐针毡。然而客人走后，母亲对她说的却是："虽然你会讲英文，懂得美国人的礼数规矩，但别忘了你内心还是中国人。"许多年后回想那顿圣诞大餐，谭恩美说，她突然意识到那天母亲做的全是她最爱吃的菜。只是当年忙着觉得丢脸，没有领会到家人的一片爱心。

　　不同的文化当然有不同的饮食习惯和餐桌礼仪。可是我们如果在提倡礼貌、对来自他国的客人表示善意体贴的同时，也能取长补短，欣赏自己文化的美妙独特之处，珍惜美好宝贵的亲情，那就世界大同了。

江南零食怀旧

喝茶与饮酒的感觉不同。前者是安静、私密的，后者则要热闹、群众性些。周作人赞赏的喝茶境界是"当于瓦屋纸窗之下，清泉绿茶，用素雅的陶瓷茶具，同二三人同饮，得半日之闲，可抵上十年的尘梦。喝茶之后，再去继续修各人的胜业，无论为名为利，都无不可，但偶然的片刻优游乃正亦断不可少"，这是文人对悠闲、丰腴精神生活的追求。喝茶不能不提茶食，也就是佐茶的小吃。广式饮茶拥挤、闹猛，虾饺、榴莲酥、萝卜糕流水般端上桌来，琳琅满目，让人眼饱肚鼓。四川人泡茶馆、摆龙门阵也妙，一碟瓜子能消磨大半天时光。不过，江南文人的茶食文化更讲究清淡、优雅、宁静。

面对丰子恺对杭州云片糕的赞誉，施蛰存却抱怨故乡的茶食今不如昔："从前都是松子云片，后来变成胡桃云片，而现在则又一变而为果肉云片矣。从松子而降为果肉，此趣味宁非愈趋低级哉！"他叹息的是二十世纪四十年代中国传统文化在西化浪潮中的日益式微。周作人摈弃瓜子，不外是嫌它吃起来声音嘈杂，还留下一地渣滓，殊不"雅驯"。施蛰存则对镇江的肴肉不以为然，因为"以肉佐茶，流品终有点介乎清鄙之间，不很得体"。

那豆制品如何？汪曾祺建议，在扬州茶馆等包子出锅时，可以先喝茶、吃烫干丝，既消磨时间，也调动胃口。"一种特制的豆腐干，较大而方，用薄刃快刀片成薄片，再切为细丝，这便是干丝。讲究一块豆腐干要片十六片，切丝细如马尾，一根不断。干丝在开水锅中烫后，滗去水，在碗里堆成宝塔状，浇以麻油、好酱油、醋，即可下箸。"过去他父亲"常带一包五香花生米，搓去外皮，携青蒜一把，嘱堂倌切寸段，稍烫一烫，与干丝同拌，别有滋味……干丝喷香，茶泡两开正好，吃一箸干丝，喝半杯茶，很美"！干丝有烫、煮两种吃法。同为美食家，清朝皇室子弟唐鲁孙喜好的干丝较豪放，在荤素各类浇头中，他最欣赏鸡皮，说它"芳而不濡，腴而不腻"，脆鳝"酥松爽脆"，也得他的欢心。汪曾祺却主张"烫干丝味要清纯，煮干丝则不妨浓厚。但也不能搁螃蟹、蛤蜊、海蛎子、蛏，那样就是喧宾夺主，吃不出干丝的味了"。施蛰存干脆说干丝"叫来时总是一大盘或一大碗，倒像是把茶杯误认作酒杯，俨然是叫菜吃酒的样子，不很有悠闲之趣"。

江南文人青睐的茶食，在茶不在食。以食佐茶，不求填饱肚子，而在配合、增添清茶的韵味。茶食得量少、味淡，否则就如周作人鄙薄的"满汉饽饽"或"阿阿兜"（台湾方言，"外国人"）吃的黄油面包下午茶了。同理，施蛰存推崇杭州西园的茶干："小小的一碟，六块，又甜又香又清淡，与茶味一点没有不谐和的感觉"，是满目的西洋"朱古律、葡萄干、果汁牛肉之流"中"硕果仅存的中国本位的茶食"。而周作人则赞美日本的点心，说它"虽是豆米的成品，但那优雅的形色，朴素的味道，很合于茶食的资格"。如果以上听来太"精英"甚至矫情，呼朋唤友，和小伙伴一起吃干丝也不妨。但周作人提醒要掌握时机："干丝既出，大抵不即食，等到麻油再加，开水重换之后，始行举箸，最为合式，因为一到即罄，次碗继至，不遑应酬，否则麻油三浇，旋即撤去，怒形于色，未免使客不欢而散，茶意都消了。"

茶食小道，值得现代文学大家写了又写，一再提起吗？周作人理直气壮，称"一国的历史与文化传得久远了，在生活上总会留下一点痕迹，或是华丽，或是清淡，却无不是精炼的，这并不想要夸耀什么，却是自然应有的表现"。他鄙薄北京"太寒伧，枉做了五百年首都，连一点细点心都做不出，未免丢人"，而苏州"茶食精洁，布置简易，没有洋派气味"，一家人"围着方桌，悠悠的享用"，可见物资充裕，生活安适，在他这样"看惯了北方困穷的情形的人看去，实在是值得称赞与羡慕"。

富足的生活才会精细。茶食反映国计民生，体现文化价值，值得吃，更值得写。然而，我努力地回想了一下，却悲哀地发现自己的有关经历实在乏善足陈。本地有个主打"八〇后怀旧"主题的饭店，我没光顾过，但一直好奇。又曾在网上看到一个帖子怀念童年零食，提到大白兔奶糖、泡泡糖、红豆棒冰、糖葫芦、山楂片等。但现代文人笔下坐在茶馆慢悠悠品茶吃零食，且以为寻常的经历，实在没有。

美国有线电视《发现频道》的工作人员曾身穿防爆服试验中国人的爆米花机，现场米花飞溅，直冲摄影棚顶，让老外叹为观止，也引发了一大批中国青年的美好回忆。但在吃食素来精致、多彩的江南，爆米花实在排不上号。十丈软红中，园林胜概，诗酒风流。"书寓""堂子"之类可能是上流社会花花公子的专利，但日常饮食却是人人不可或缺的。童年时代适逢刚刚改革开放，物质生活还没有极大丰富。不过，我也曾品尝过苏州采芝斋出售的当日各色瓜子、蜜饯、麻饼、酥糖、卤汁豆腐干等。为什么我没有对那些念念不忘呢？可能有以下几个原因。

一是"意识形态"，或曰"思想教育"的结果。我读小学时，老师、家长极力宣传的是勤俭节约、正经吃饭、不吃零食的观念。记得阿姨曾带我去南货店买过桃片，舅公也为我买过鸡蛋油饼，但我吃了腹泻，他们也因此被外婆骂为浪费又添乱。那时我也完全没有"独立理财"、消费休闲的意识。最初我没有零用钱，读中学时每月可拿一元、五元到十元零花钱。因为没有吃零食的习惯，我也从无囊中羞涩的窘迫感。同学中也有爱好零食者，课间去学校小卖部买袋牛肉干、买个面包，或者放学时手持一卷果丹皮边走边吃。但作为乖孩子，我并不羡慕他们，反倒为自己不贪嘴的"美德"沾沾自喜。

另一个原因是那时的零食口味实在一般。父亲曾说他最爱的童年零食是云片糕和酥糖，我很不以为然。云片糕或曰"雪片糕"，是米粉制作的长方形点心，雪白的一片片粘在一起，略有甜味。小时候我最恨的是每片没法彻底掰开，往往断在中间，吃到最后，剩下一块干硬的坨坨，食之无味，弃之又不好意思。童年的云片糕不但质量一般，吃起来又干又沙，外包装红纸的颜色还常会染到点心上，让我看了更是不爽。

酥糖倒是细滑香甜的，但也有致命缺点：太酥了。采芝斋的玫瑰酥糖那时是裹在白纸中的一长条，打开包装，里面分作四个方块。我最爱的是每块之间略有韧性的带状糖条。糖带中裹着的糖酥美则美矣，但很干，一不小心就"沙尘"飞扬，不喝水吃的话容易呛着、噎着。父亲教我一个吃法：先把糖带吃完，然后用包装纸做成小漏斗状，把糖酥倒进喉咙。这就更像游戏，而不是吃点心了。

零食者，顾名思义，是正餐之外开胃、解馋的小吃食。但在食物匮乏的年代，吃饭不为求饱而为赏味已是奢侈，"乱花钱"买零食更是人人谴责的恶行。但清贫也让人学会俭约生活，健康生活，感恩生活。这些美德在物质极为丰富，零食也日益洋化的当代恐怕岌岌可危了。某天我在下午四五点、学校放学时在老家坐公交，只见爷爷、奶奶们左手提着孙儿、孙女沉重的双肩背书包，右手递上牛奶、点心，不外是汉堡、三明治、面包、蛋糕等洋吃食。孩子们吃得香甜，一面还在喃喃抱怨学校食堂的中餐难吃，对馒头、花卷等看不上眼。